亦

舒

作

品

亦舒
- 作品 -
32

流金岁月

CTS
湖南文艺出版社
HUNAN LITERATURE AND ART PUBLISHING HOUSE

博集天卷
CS-BOOKY

流金岁月

目录

壹　　_1

贰　　_37

叁　　_71

肆　　_101

伍　　_133

陆　　_165

柒　　_197

捌　　_237

流金岁月

壹·

她们剪一样的发型，
用一样的书包，
心事，却不一样。

蒋南孙与朱锁锁是中学同学。

两个人都是上海人，都是独生女。

办入学手续那天，南孙只听得身后有一个女声叫："锁锁，这边，锁锁，这边。"

说的是上海话，听在已把粤语当母语的南孙耳中，好不纳罕，怎么会有人叫"骚骚"呢，忍不住回头望，她看到一张雪白的鹅蛋脸，五官精致，嘴角有一粒痣。

当时十二岁的蒋南孙心中便思忖：果然有点风骚。

以后，她便叫她骚骚，这个昵称，一下子在女校传开，朱锁锁开头并不悦意，后来却诚意接纳，连英文名字也弃之不用，就叫骚骚。

沪语软糯，妹妹与锁锁此类叠字用粤音读出，失之浓重，用上海话念来，轻快妩媚，完全是两回事。

两个原籍上海的女孩子，虽然已经不大会说上海话，还是成了好朋友。

锁锁曾经问南孙："我们会不会闹翻，会不会？倘若会的话，也太叫人难过了。"

南孙答："说不定会的，又怎样呢，一样可以和好如初，吵管吵，不要决绝分崩就是了。"

两个人读《呼啸山庄》，深夜躲在房中流泪。

约齐了去买内衣，邻校男孩子递字条过来，也摊开来传阅。暑假锁锁时常到蒋家度宿。

锁锁姓朱，却不住在朱家，父亲是海员，一年到头，难得出现一次，即使回来，也居无定所。他把锁锁放在舅舅家，一住十年。

舅舅姓区，是广东人，一家人五六个孩子挤在三夹板搭的旧楼里，待锁锁并不坏，给她睡尾房，她却与表兄弟姐妹谈不拢。

蒋南孙去过那地方，一道狭窄的木楼梯上去，二楼，门一打开，别有洞天，室内不知给岁月抑或烟火，熏得灰黑，但楼面极高，锁锁的房间有只窗，铁杆已被无数只孩子的手摩挲得乌黑发亮，隔一条巷子，对面是面包店的作坊。

窗下的书桌是锁锁做功课兼招呼小朋友的地方，每到下午三点，新鲜面包出炉，香闻十里，南孙爱极那间小房间的风景，永远忘不了烤面包香。

做面包的伙计只穿内裤操作，使南孙骇笑，男人，对小女孩来说，是多么古怪而又陌生的动物。

她们剪一样的发型，用一样的书包，心事，却不一样。

锁锁对南孙说："舅母对我好，是因为父亲付她许多津贴。"

南孙说："一个人对另外一个人好，总有原因。"

锁锁说："你母亲爱你，就没有原因。"

南孙笑："那是因为我是个听话的女儿。"

锁锁说："照你这样说，只要有人对我好，不必详究原因？"

"当然，否则你就要求过高，太想不开。"

"我喜欢你的家，与父母同住，正常而幸福。"

南孙不响。

过了足足一年，她才问锁锁："猜猜为什么我叫南孙。"

锁锁说："你家的长辈盼望有个男孙。"

是的，蒋氏一家四口，老祖母一直等待男孙出世，南孙的父亲结过两次婚，第一次没有孩子，第二次生下女婴，祖母得到消息，照样叫了牌搭子来搓麻将，一连七天，都有借口，直至南孙母女出院，都没去探望过她们。

然后还给了一个这样的名字。

锁锁说："你母亲的涵养功夫倒是好。"

南孙笑："在人檐下过，焉得不低头。"

南孙的父亲是二世祖，靠家里生活，这个祖母不比别的祖母，钱的声音最大，老人家一直有尊严。

南孙把事情说出来舒服得多："你明白了吧。"

锁锁说："家里面有这样一位生命之源，真正吃不消。"

"毕业之后，我们搬出来住。"

"对，租一间小公寓，两个人住。"

锁锁一直没有提过她的母亲，南孙也从来不问。

蒋太太倒是很喜欢锁锁，常常说："长大了，也要像两姐妹一样，知道没有？"

她是一个乐观豁达的女子，很有她自己的一套，生下南孙之后，一直没有再怀孕，婆婆再唠叨，只当没听见。

南孙的祖母在晚年改信基督，家里不准赌博，蒋太太改在外头打牌，天天似上班，朝九晚五，自得其乐。

南孙自小明白，快乐是要去找的，很少有天生幸福的人。

蒋太太一直同女儿说："南孙，早知还是多读几年书自己赚钱的好。"

祖母怨，母亲也怨。

其实她母亲年纪并不大，社会上近四十的女性俊彦多的是。

南孙说："妈妈，你有你的乐趣。"

除出一个长寿而啰唆的婆婆，蒋太太的生活是丰裕单纯的。

这些琐事从来不曾烦着年轻人。

夏季忙着学游泳、打球、看电影、买唱片，还有，当然，结交男孩子。

锁锁出手一直比南孙阔绰，南孙没有固定的零用，凡事都要做伸手派，她向母亲要，妻子向丈夫要，儿子又再向老太太要……很使人气馁的一件事。

但吃用方面，南孙又占着上风，她把锁锁邀请到家中吃饭，而锁锁在外头请她吃奶油栗子蛋糕，作为一种交换。

这样一个小客人在家出入，照说老太太应当有意见，但她却从来没说过什么。

因为锁锁长得好？并不见得，老妇才不吃这一套。因为锁锁天生好记性，一本《圣经》自《创世记》"太初有道，道与神同在"一直骨碌碌背下去，清脆玲珑，一字不差，令老太叹为观止。

她是这样，在蒋家取得通行证的。

学校里，锁锁的功课亦比南孙好。

南孙较为粗心。

她一直说："无聊得很，一式的题目做十次，第八次不错，第十次也错，我是办大事的人，不拘小节。"

她的大事是替小孩补习，赚取零用。

有些小学生蠢得厉害，南孙说她巴不得切开他们的脑袋，把课本塞进去，再缝好，交差。

两个女孩子在功课上颇有天赋，并不是神童，却不用家长费心，属于逍遥派，大考前夕，例必兵荒马乱，但每次均名列前茅。

升至中四，也考虑到前程问题。

南孙说："我倘若是男孩，真不必愁，现在看样子，老太太不会继续投资。"

"她会的，我教你。"

"怎么样，你有办法？"

锁锁笑："你把《诗篇》与《箴言》都背熟了，每日在她面前念一次。"

"对，老太太一欢喜，就送我去读神学。"

"总比出来做事好。"

"你呢？"

"我？"

"是，你。"

"已有一年多没见过父亲，上次见他，他说想退休。"

"可以考奖学金。"

"我想出来赚钱，过独立的生活。"

"中学毕业生的收入是颇为可耻的。"

"那么只好搬到你家来了。"

"你知道你是受欢迎的。"

"可是将来万一闯出名堂来，有你这么一个恩人，不知道怎么报答，倒也心烦。"

两人都笑了。

隔一会儿南孙说："真想出去留学，我知道祖母有那个钱。"

"那是她的钱。"

"真的，她爱怎么花就怎么花。"

"或许可以求你父亲。"

"不行，爹说的话，她很不爱听，前年她在他怂恿下买进的股票如今还做废纸压在柜底，她的财产为此不见一大截，不然也不会对我们这么紧。"

锁锁动容："你们家也有损失？我一直不明白这是怎么一回事，只知道舅母一直哭，要同舅舅拼命。"

"我也不晓得，只知道赚的时候人人笑，爹房中装了一具没有字盘号码的电话，随时与股票行联络，连祖母都认为是正当投资，客人来吃饭，我做陪客，一顿饭三小时，句句不离股票，烦死人。"

"现在完了。"

"完了。"

"大人有时比小孩子还天真盲目。"

"同学家中，没有不吃亏的。"

"奇怪，每个人都输，谁是赢家？"

南孙笑："你问我，我又不是经济学家。"

锁锁很有兴趣："听舅母说，她本来是赚的：一元买进，两元卖出，对本对利[1]，可是股票一直升，于是她又三元买进，四元卖出，赚了之后，回头一望，它还在升，于是她又六元买进，好，这次直往下跌，跌到一角。"

南孙瞪她一眼："不知你在说什么。"

"贪婪，她不知何时停止。"

"全城的人都为之疯狂，没什么好说的。对，我阿姨要回来了，我介绍给你认识，她是少数清醒的人之一，讲出来的话，很有意思。"

"升学的事——"

"骚骚，明年再说吧。彼得张还有没有电话给你？"

"这一年舅母对我十分小心翼翼，比从前更客气，皆因经济情况大不如前，你瞧，股票崩溃，得益的是我。"

"彼得也太会玩了，疯得可怕。"

锁锁也同意："是，听说他吸麻醉剂。"

南孙沉吟："那十分过火，你认为呢？这种男孩还是疏

---

[1] 对本对利：所得的利润或利息，与本钱相等。

远的好，你说是不是？"

锁锁说："我同意。"

"真可惜，跳得一脚好舞。"

会跳舞的男孩子并不止一个。

南孙从来少不了约会。

穿着校服出去，书包装着走私的跳舞裙及鞋子，在家长开通的同学家中换上，一起出发，玩到十点钟才回家。

从时装杂志学会化妆，南孙始终不敢搽唇膏，年轻人的嘴唇特别吸收颜料，很难真正擦掉，叫老祖母看到，麻烦多多。

锁锁则不怕，肆无忌惮地用最流行的玫瑰红，看上去足足像十七岁。

越是家中禁忌的事，越是要做，南孙自己都不明白这种心理。

就在她阿姨要回来的前一个晚上，南孙半夜睡醒，热得要命，跑到露台去凉一凉，听见父母在悄悄说话。

他们俩很少交谈，除非是为着什么要紧的事。

只听得蒋太太轻声抱怨："你真爱发神经，她那些钱，你便让她吃吃利息算了。"

"利息？一年三厘，用来贬值也不够。"

"她不肯听你，白挨骂。"

"六十几岁的人了，死揽着钞票不放。"

听到这里，南孙深觉诧异，才六十吗，印象中祖母起码有八十九岁。

隔一会儿她父亲说："房子会涨价的。"

"她手上有不动产。"

"不是她那些，我同她说时你也听到，有两个大型私人屋邨要盖起来了，分期落个头注，到时包赚得笑。"

"地段也太偏僻了，届时没人要，怎么甩手？"

南孙的父亲光火："连你都不相信我。"

南孙心想：这也怪不得家里上中下三代女人，他确不是一个值得相信的人。

"我自己去筹钱。"他负气说。

做妻子的净是叹息。

"我要是有本钱，早就发了财。"

南孙险些笑出声来，这话，连十多岁的她，听了都有无数次了。

她打个哈欠，轻轻走回房间睡觉。

　　阿姨来了，住在酒店里，南孙带着锁锁去探望她，要用电话预约。她有吸烟的习惯，一进房，便嗅到一股幽雅香水混合着烟草的特殊气息，女孩子觉得陌生而诡丽，如《一千零一夜》那样，她们即时倾倒了。

　　阿姨很客气地招呼她们，把她们当大人，没有比这个更令小女孩感动的了。

　　南孙阿姨并非美女，但全身发散着一股说不出的味道，一举一动，与众不同。

　　南孙告诉锁锁，这些在欧洲住久了的人，是这样的。

　　锁锁说："余不敢苟同，许多在欧洲流浪的华人，垃圾而潦倒。"

　　阿姨听到，微笑说："他们搞艺术，应该是那样。"

　　锁锁大胆地问："请问你做什么呢？"

　　"我在伦敦西区开了一家店，卖东方小玩意儿，我是个小生意人。"

　　南孙飞过去一个眼色，像是说：如何？告诉过你，阿姨不是普通人。

　　"快要毕业了吧？"

　　两人不约而同地答："明年。"

阿姨感喟："你们这一代，真是占尽天时地利人和，只要依着黄砖路走，很容易到达目的。"

锁锁问："《绿野仙踪》中之黄砖路——难道生活像历险记？"

阿姨说："刺激得多了。"

锁锁看着她的面孔，猜不到她有几岁，外表不过三十余，但心境却颇为苍老，好不突兀的组合。

"毕业后打算做什么？"

南孙说："读了预科再说，拖得一年是一年。"说完自己觉得再聪明没有，先叽叽地笑起来。

锁锁说："我想赚钱，许多许多的钱。"一脸陶醉的样子。

阿姨幽默地说："无论做什么，立志要早。"

她们一起吃了顿下午茶，无论锁锁抑或南孙都第一次坐在这样华丽的地方吃点心，人都变得矜持起来。

大堂装饰是法式洛可可，乐师在包厢中拉小提琴，四周的落地大镜子反映重重叠叠的水晶灯，桌上银器累累坠坠，白衣侍者殷勤服侍，来往的客人看上去都似明星。

南孙问阿姨："这地方贵不贵？"

阿姨想了一想："时间最宝贵。"

锁锁倒是听懂了："偶尔来一趟还是可以负担的。"

南孙说："让你天天来，像办公那样，恐怕也无太大意思。"

阿姨点头："都说你们这一代，比起我们，不知聪明多少倍。"

南孙看着锁锁笑。

"你们是真正的朋友？"

南孙严肃地点点头。

锁锁问："你呢，阿姨，你可有朋友？"

"从前有，后来就没有了。"

"为什么？"

"人长大之后，世情渐渐复杂。"

"我不明白。"

"譬如说，有一件事，我急于要忘记，老朋友却不识相，处处提起，语带挑衅，久而久之，自然会疏远。"

南孙问："你为何要忘记？"

锁锁："她为何要提起？"

阿姨笑："又譬如说，本来是一双好朋友，两个人共争一样东西，总有一个人失败，你所得到的，必然是别人失去的，两人便做不成朋友。"

女孩子们不以为然："可以让一让嘛。"

阿姨的笑意越来越浓，悠然地吸着烟。

锁锁与南孙面面相觑。

"有没有男朋友？"

"他们从不带我们到这种地方来。"

"这是古老地方，你们一定有更好的地方可去。"

"不太坏。"

南孙忽然说："阿姨，长大了我要像你，到处旅行，走在时代尖端。"

阿姨仰起头，哈哈大笑起来。

临走之前，她留下卡片给女孩子。

"多么特别的一位女士。"锁锁说。

南孙说："看她给我什么。"

是一只银质戒指，小巧的两只手交叠在一起，一按机括，手弹跳打开，里面是一颗心，手握着的原来是一颗心。

锁锁欣赏到极点，爱不释手。

南孙看在眼内："送给你。"

"不，阿姨给你，你留着。"

"你喜欢这种东西，你要好了。"

"不不不，你戴着我看也一样，千万别客气。"

"你看，"南孙说，"我们都不会为争一样东西而伤和气。"

锁锁不语。她心中想，会不会这只戒指还不够重要，会不会将来总有更重要的出现？

南孙看到锁锁的表情，也明白几分，只是当时她想不出有什么是不可与人分享的。

她说："锁锁考试时要不要到我处温习？"

锁锁仰起面孔："要麻烦你的日子多着呢，不忙一时。"

她像是有预感，这句话之后，一连两个月，锁锁做海员的父亲音讯全无，款子也不汇来了。

锁锁急得如热锅上的蚂蚁。

她同南孙说："怎么办？我只道人的面孔只有额角鼻子才会出汗，现在我急得连面颊都发汗。"

南孙笑："你看你，或许有什么事绊住了。"

"唉，这么年轻就要为生活烦恼，真不值得。"

"舅母给你看脸色？"

"没有，她倒不是那样的人，一句没提过。"

南孙动容："那倒是真要好好报答她。"

锁锁啼笑皆非："好像你我一出道就荣华富贵，爱怎么报答人都可以，说不定我在打字房内耽一辈子，还得叨人家的光。"

南孙抓住她双肩："你会打字吗，我倒不知道。"

锁锁说："人家都急死了。"

"不怕不怕，大不了搬来我家住。"

锁锁不语。

区家是住不长的了，还有一个很重要的原因。

舅母的大儿子中学出来在银行做事，不止一次表示过希望约会她。

锁锁对于这个年轻人并无特殊好感，碍着是表兄，又住在一层楼里，所以才每天说"早""天气不错"，男朋友当中，比表兄优秀的人物不知凡几，她才不会看他。

她曾对南孙说："父母没有给我什么，一切都要看自己的了，不闯他一闯，岂非白活一场。"

倘若不搬出来，锁锁迟早变成舅母心目中的好媳妇，三年生两个孩子，继承她的位置，在旧楼过一辈子。

"人长大了，只觉自己碍事，床不够长，房不够宽，转身时时撞着胸部，痛得流泪。你看这套校服，去年做的，今年已经嫌窄，还有一个学期毕业，谁舍得缝新的。"

南孙把手搭在她的肩上："别烦恼，置张大床，租间宽屋，买许多合身的衣服，问题便可解决。"

"你天生乐观，最叫我羡慕。"

"这一点我得母亲的遗传。"

"南孙，别人怎么想不重要，你一定要明白，我急于离开区家，实在不是虚荣的缘故。"

南孙说："但你那么情急，一旦坏人乘虚而入，很容易堕落。"

锁锁反问："什么叫堕落？"

南孙不假思索："做坏事。"

"什么是坏事？"

南孙一时说不上来，过了一会儿，她说："偷，抢，骗。"

"偷什么，抢什么，骗什么？"

"锁锁，你明知故问。"

"我来问你，你若偷姐姐的跳舞裙子穿，算不算坏？我若抢你的男朋友，又算不算坏？我同你故意去骗大人的欢心，以便达到一种目的，又算不算坏？"

南孙呆视锁锁，说不出话。

"不算很坏，是不是？不用受法律制裁，是不是？"

南孙答："也是坏。"

"那好，我拭目看你这一生如何做完人。"锁锁赌气说。

又过了一个月，锁锁的父亲终于出现。

他在新加坡结了婚，上了岸，乐不思蜀，带着新婚妻子回来见亲戚，言语间表示以后将以彼邦为家。

至于锁锁，他说："孩子长大，已可起飞。"

锁锁没料到做二副的父亲忽然会如此文绉绉，一时手足无措，没有反应。

她舅母颇为喜悦，含蓄地表示只要锁锁愿意，可以在区府住一辈子。

她父亲更放下一颗心，兜个圈子就走了。

锁锁到蒋家去诉苦，与南孙夜谈，地上书桌上摊满书本笔记，墙上挂着大大的温习时间表，中学生最重要的一个考试已经逼近。

蒋家对南孙的功课一点也不紧张，南孙不是男孙，读成什么样无关紧要，中了状元，婚后也是外姓人，老祖母的想法深入人心，感染全家，包括南孙自己。

"这一题会出，多读几次。"

"哪一题？"

"印度之农地灌溉法。"

"南孙，印度人怎样灌溉他们的稻田，与我们将来做人，有啥子干系？"

"我不知道，别问我。"

"我看这教育方针是有问题的。"

南孙笑："依你说，教什么最好？如何使表兄死心不追你？"

"正经点好不好？"

"这么说来，文天祥、莎士比亚十四行诗、空气之分子、大代数的变化……一概于生活没有帮助，那还念什么大学。"

"所以我不念。"

"你应该叫表哥供你念，毕业后一脚踢开他，很多人这么做。"

"气质，读书的唯一的用途是增加气质，世上确有气质这回事。"

"什么气质，头巾气[1]罢了，害得不上不下，许多事都做不出来，你看我父亲就知道了，也算是个文学士，高不成低不就，一直没正式为事业奋斗，也就蹉跎了一辈子。"

"嘘。"

"不是吗，天天觑着母亲的钱。"

锁锁叹口气："其实我父亲不是坏人。"

南孙说："你讲得对，其实没有人是坏人，不知道恨谁。"

"他一直把我照顾得不错，每到一个埠，总不忘买些玩意儿给我。"

"我记得，你手头上一早有印度人的玻璃手镯、日本国的绢花头饰、中国台湾的贝壳别针。"

"——玩腻了交给表姐妹，她们并不讨厌我。"

南孙笑："就嫁给她们大哥算了。"

"一屋子的人，"锁锁侧头，"还希望再生，一架老式洗衣机，不停地操作，洗出来的衣服迟早全变成深深浅浅的灰色，一日我急了，买了瓶漂白水，硬是把校服浸了一夜，

---

[1] 头巾气：读书人的迂腐习气。

白得耀眼，我不要成为他们的一分子。"锁锁有迫切的欲望要与众不同。

南孙说："奇怪，我倒是不介意在家中待一辈子。"

锁锁笑："那自然，饱人不知饿人饥。"

南孙瞪她一眼："别把自己说成苦海孤雏。"

锁锁翻开课本。

蒋太太却来敲房门："晚了，出来喝碗燕窝粥，好休息了。"

锁锁说："燕窝？"

南孙悄悄说："老太太吃，我们也吃，她一直唠叨，我们装聋。"

锁锁莞尔，把这套家庭教育原封不动搬到社会上用，有大大的好处。

她一直欠舅母生活费。

因为这样，表兄名正言顺在她房内外穿插。

说不定什么时候就要搬走，对于住了十多年的小小三夹板搭的房间忽然有点留恋，朝西的房间一到下午四点便有太阳射进来，接着是熟悉的面包香，以后，无论飞得多高多远，走至天涯海角，只要闻到烤面包香，她就会想到出生地。

房内一张铁床、一张书桌、一只老式衣橱，镜子是鹅蛋形的，镶在橱门上，坐在书桌前，一侧身便照到镜子，猛一抬头，还以为房中另外有人。

以前没有，现在有表哥。

一次他搭讪地看她在写什么，一只手轻轻放在她肩上，她立即站起来，背脊贴着墙，戒备地、静静地看着他，双臂抱在胸前。

一双眼睛在夕阳下沾了金光，闪烁地、精光灿烂地看着她表兄。

那脸上长小包的年轻人忽然自惭形秽，要关住这样的一双眼睛，谈何容易，他虽不是一个伶俐的青年，心中也明白。

他静静地退出。

第二天，锁锁用很平静的声调同她舅母说，要往同学家去小住，为着考试便利温习。

舅母问："是蒋小姐的家？"

锁锁点头。

"你倒是看重功课。"

锁锁不语。

"好，"舅母笑，"将来爱做事尽管做事，孩子由我来带。"

锁锁仍然不出声，一抬头，看到表哥下班返来，呆站一角。

他脸上有点惨痛，有点留恋，有点自惭，锁锁没想到他感情会有这样的层次，倒是意外。

看样子他知道她这一去，再也不会回来。

但是他没有出声。

为了这一点，锁锁感激他，他在她心中升华，去到一个较高的境界。

她第一次正视他的脸，并且抿一抿唇。

他眼睛红了，别过头去，心中不知是什么滋味。

锁锁度过在区家最后的一夜。

她记得她欠舅母五个半月的生活费，约值五千元，在那个时候，相当于三两多黄金。

一定要归还。

因为直至她走，舅母并没有亏待她。

表兄送她，一前一后，站在公交车站上。

许久许久，她以为他已经走了，但地上仍有他的影子，最终锁锁上了车。

那夜，以及连续许多许多晚上，她都做梦看到那瘦长的黑影。

真没想到他不自私，真正为她好，尊重她意愿。

这是他的初恋。

多年以后，朱锁锁发现，没有男人，爱她如她表哥爱她一半那么多。

南孙在门口等。

取笑她："光着身子就来了。"

除了书包，锁锁什么都没有带。

也没有说要待多久，一切心照不宣。

还有两个月大考，找工作的时间也约是两个月，不消半年，她便可以自立。

近五年的交往，锁锁知道蒋宅是那种罕有的，可以让客人舒舒服服住上三几个月的家庭，因为连蒋先生、太太都不知道他们是不是客人，而真正的主人老奶奶却又是老派人，习惯亲友借宿。

锁锁觉得她运气好。

南孙问她："出来以后不回去，没问题吧？你是未成年少女，别惹麻烦给我们才好，说不定你舅母会告我们诱拐你。"

锁锁不假思索："不会的。"

"何以见得？"

"除了亲生父母，谁管这种闲事。"

南孙相信这话。

"而且他们凭什么找我回去，在法律上，区家与蒋家，对我同样是陌路人。"

"这么些年了，真的没有感情？"

"初初搬到他们处，才八岁，一夜他们阖家去吃喜酒，剩我一个人，每间房间都下了锁才走，连大门都锁几重，南孙，那夜倘若有一场大火，你就不会认识朱锁锁。"

南孙把手放在她手上，笑说："同我们家刚相反，我们这里著名不设防，抽屉里少了钞票，只换用人，不改习惯。"

"将来我要有一个属于自己的窝，全部打通，一目了然，不要用锁。"

"快去洗澡。"

"用哪个卫生间？"

"我用什么，你也用什么。"

锁锁感动地看着南孙。

南孙连忙加一句："将来你要报答我的。"

锁锁很快习惯蒋家生活习惯。她喜欢这个地方，家具布置全是五十年代式样，还是南孙祖父置下的，他去世后，没有人有能力有心思重新装修一次，锁锁老觉得这个地方拍摄怀旧影片最好。

每日下午，祖母午睡醒来，吃过点心，便开始对着年轻的女孩子讲天国近矣。

南孙坐是坐着，却听得哈欠频频，东歪西斜，益发显得锁锁毕恭毕敬，全神贯注。

南孙不止一次骂她是虚伪的小人。

锁锁说："年纪那么大了，精神又好，我又在她处叨光，应该的。"

她一向有这份婉约。

两个女孩子同样有天生的白皮肤、长头发，一般校服，屋里人时常叫错名字。

应得懒洋洋、鬼声鬼气的是南孙；答得清脆玲珑、爽爽快快的是锁锁。

两人温习得金星乱冒。

南孙有时会将笔记扫到地上，不住践踏出气。

锁锁捧着头叹口气："欧阳慧中最好，索性到美国去升学，脱离苦海。"

"找谭家升出来，叫他请我们看电影，不读了。"

"阿谭要考医科，睬你都多余。"

"平时你麾下那些小男生呢，都失踪了？"

"都要考试，不拿出好成绩来，父母拧掉他们的头，"锁锁冷笑一声，"而女朋友，要多少有多少。"

"闷死人。"

有没有男孩子，她们还是丢下功课去吃茶。

一整个下午，长篇大论地说着理想男人的细节条件，她们都有信心，一步入社会，便可以找到这样的异性，说不定同时有两个到三个一起来追求，使她们难以选择。

前程一片美丽的蔷薇色。

考试进行了五天。

南孙觉得老了十年。

锁锁显著地瘦下来。

考完之后随大帮同学去疯了一整天，兴奋过度，无法入睡，天亮时喉咙都哑了。

接着借了打字机回来写求职信，嘻嘻哈哈，喧哗热闹，书桌上搁一大壶冰柠檬茶，陆续有其他的同学来探访，叽喳不停。

蒋先生皱眉说："似一群鸭子。"

蒋太太微笑："也许是她们一生中最畅快的日子。"

蒋先生看着他的妻子，心中忽然温柔地牵动，问："你最开心的岁月是几时？"

蒋太太没有回答。

她丈夫摊开报纸："利率上涨，老太太手头不见放松，南孙摊大手板追零用时似债主，唉，男是冤家女是债，恐怕要养到三十岁。"

"我说说她。"

做父亲的又说："算了。"

女儿房间发出轰然笑声，还有人拍手跳地板。

当晚，蒋太太找南孙说话。

"你打算升学？"

"本校会收我念预科。"

"朱小姐呢？"

"她找工作。"

"看样子她成绩会比你好。"

"一向如此。"

"朱小姐在我们这里有一段日子了。"

南孙抬起头。

"她家人不会说话吗?"

南孙警惕地说:"找到工作她会搬走。"

"薪资够租房子?"

南孙语塞。

"你把她家长找来,把话说明了,哪怕在这里住一辈子都没关系。"

"真的,妈妈,真的?"

"当然真。"

锁锁设法同父亲联络,寄到新加坡的信件全部打回头,上面写着"无此人"。

第一份工作面试,需要一套像样的衣服鞋子。

南孙道:"我有积蓄,银行存折里还有历年来的压岁钱,你尽管放心。"

锁锁不语。

"唉,"南孙又说,"看我对你多好,连我自己都感动了。"

锁锁实在无法不笑出来。

"你同莫爱玲差不多身材,听说她也在找事做,不如合股买套好衣裳,轮流穿,同学们都这么做。"

"不。"

"你仍然记仇,人家都很后悔说错话,已是中一的事了。"

"这人心毒,我有无爹娘与她无关。"

"一场同学——"

"我自己会想办法。"

"好好好,不与她玩,你真倔。"

结果衣服鞋袜是新买的,借了蒋太太的皮包,并且到理发店去修过头发。

由南孙陪着她去面试。

是一间日本人开的出入口行请文员。

地方狭窄,堆满货办样品,与南孙想象中的写字楼有点不一样。

她不至于天真到以为一毕业便可以穿着名贵套装在私人豪华办公室上班,有秘书接电话奉茶,但这阵仗也委实太令人失望。

她坐在一张人造皮沙发上等了半个小时，锁锁含笑出来，她知道事情成功了。

不过这种事成功并没有什么值得高兴。

南孙开口便问："月薪多少？"

"一千四。"

"我不相信。"

"是这个公价。"

"人肉大贱卖。"

"嘘。"

"够吃，还是够住呢？"

"凡事有个开头。"

锁锁仍然微笑，不知是否对着日本人笑久了，一时收不回来。

南孙第一次以客观的眼光看她。

今天略为打扮过了，面孔上淡淡化妆，越发显得浓眉大眼，皮肤平滑丰润，像是闪出光芒来。穿着时髦衣服及高跟鞋，显得身材高挑标致。

南孙讶异地发现一夜之间，锁锁成为大人了。

日本人二话不说地聘用了她，是否因为这宝石般的外表?

他叫她一星期去学三晚日语。

锁锁说:"肮脏的人生路开始了。"

南孙勇敢地问:"总也有点风景好看吧?"

"希望。对了,第二件事:找房子。"

"这你就不必急了,慢慢来。"

锁锁上班以后,早出晚归,电话渐多,全体男性来找,赵钱孙李都有。

南孙趁暑假大展宏图,自称预科生,替好几个孩子补习,有上门来的,也有她自己找的,低至小学一年级,高至中四的都有,南孙教学方式大胆活泼,学生十分喜爱,收入并不下于锁锁。她仍然穿粗布大衬衫,把收入省下买时装贴补锁锁,那一方面锁锁取得薪酬,也去选了刚刚流行的运动装球鞋送她。

原校录取南孙念预科,她选了七科,决定拿文学士。

蒋太太叹口气:"你好生考本市的大学,叫老人家掏老本送你出去,绝无可能。"

南孙吐吐舌头。

她的夏季还是假期,大帮人相约去看戏吃冰,出门时也会遇见锁锁回来，有小轿车接送，南孙的异性新朋友见到锁锁，不约而同地，都会不由自主地一怔。

都问："那是谁？"

"我表妹。"

"看上去比你略大。"

南孙开学前一星期，锁锁说她找到地方搬。

"搬到什么腌臜的去处？"南孙不舍得她。

"你来看。"

地段并不太好，但还算是住宅区，地方也干净，房东是一对年轻夫妇，刚结婚，分期付款买了这层公寓，又觉吃力，于是租一间出来，三个人都早出晚归，根本没有人用厨房。

南孙去做实地观察时，小两口刚下班，恩爱无比，穿一式的球衣裤，搂在一起看电视。

锁锁的房间已付了定洋 [1]，并且摆着几件家私。

她转过头看着女友。

日本人借给我的。

---

[1] 定洋：定钱。购货或租赁谈妥后预付的一部分款项。

南孙不出声。

衣柜里全是花花绿绿时款[1]的衣服。

锁锁又说："样板。"

南孙觉得蹊跷，但没有更妥善办法，于是默不作声。

---

[1] 时款：时髦。

流金岁月

贰·

无论什么都需要付出代价，

一个人，只能在彼时彼地，

做出对他最好的选择，

或对或错，无须对任何人剖白解释。

朱锁锁终于搬离蒋家。

蒋太太一直送出来："朱小姐，外头住得不开心，尽管再回来，和自己家里一样。"

南孙觉得母亲做得十分得体，深明爱屋及乌之理，非常感激。

算起来，锁锁一共在蒋家逗留了五个月。

她一走，区家便差人来找。

蒋太太理直气壮地应付那气势汹汹的壮汉。

南孙当夜大哭一场。

蒋太太说："疯了，有什么好伤心的。"

南孙呜咽地说："……她没有一个自己的家。"

蒋太太也恻然，过一会儿说："你放心，那么能干的女孩子，相貌又好，会得蹿起来的。"

开学时南孙做了新校服，买了新课本，无忧无虑做其预科生。

身边少了最好的朋友，差天同地，于是拼命缠住工余的锁锁。

她老说累，没有空，要加班，有应酬，多种借口加一起，她们一星期也见不了一次。

南孙惆怅地同母亲说："不知她怎样了？"

蒋太太笑："她一走，你祖母也少个说话的对象。"

"对对对，现在逼我背四大福音。妈，你知道我，国文考不好就是因为怕背书，现在百上加斤。"

南孙的父亲说："连荃湾都要盖住宅房子了，已涨到两百块一呎 [1]，还会往上升，今晚非同老太太开谈判不可。"

"可是那种地段……"

"在盖地下铁路你懂不懂，四通八达，方便即可。中层阶级实事求是，不计较空排场。"

南孙听不进去。

---

[1] 呎：英尺的旧称，1 英尺等于 0.3048 米。

班上多了三五个插班的男生，使女校轰动起来，本来举止豪爽的蒋南孙也不得不略略注意仪态。

她同锁锁通电话："我要不要把头发剪掉一点？"

锁锁说："剪时容易留时难。"

"那么——"

"南孙，老板叫我，下次再谈。"她匆匆挂上电话。

南孙气结，如此低廉的薪工[1]，如此身不由己。

她刚想同锁锁说，同级的林文进约她看电影而不是莫爱玲。

林文进在功课上颇指点她。

一次段考，南孙写完题目便想交卷，林文进坐在她隔壁抹脖子似的使眼色，南孙疑惑，翻过试卷，发觉背页还有一道题值二十分，顿时惊出一身冷汗，赶紧回答。

事后林文进骂她："这般粗心，何等不值。"

南孙虽翘着嘴不语，心中是服帖的。

由此可知林文进为她好，不是损友。

蒋家给女儿最大的恩赐是予她交友自由，她与林文进

---

[1] 薪工：薪金，工资。

往来极为公开。

南孙想锁锁看看她的新朋友，遍约不获，谁知一日她却自动摸上门来。

那日南孙闷极无聊，正在收拾锁锁剩下来的杂物：日语录音带、书本，以及一大沓异性给她的卡片、便条、信件。

锁锁并不嘲笑喜欢她的人，一切都是尊贵的，她把他们的情意留着，甚至是一枝花，都压在书中，干瘪后隐约还留下一丝香味，芳魂仍存。

蒋太太笑着探进房来："看谁来了。"

在她身后的是朱锁锁。

一身打扮鲜明华贵，在路上碰见，南孙未必敢同她打招呼。

一进房来，锁锁先甩脱高跟鞋，放下手袋，脱掉外套，然后用一条橡皮筋扎住头发，一连串的动作看得南孙发呆。

只见她自手袋中取出香烟盒子，点着火，吸一口，说："闷死人。"

蒋家不准公开吸烟，因当家的老太太认为烟酒赌均为堕落的象征，蒋太太虽有烟瘾，在家也绝对不吸，南孙连忙起身去掩上房门。

她痛心地对锁锁说："你变坏了。"

锁锁听得这话，先是一呆，随即轰然笑起来。

南孙觉得她夸张无比。

社会这个染缸再黑，不见得三个月就把一个少女摧残掉，锁锁这种过分戏剧化的表现一半是炫耀，表示她与女学生大大地不同。

南孙没好气地问："你这次来，有什么事？"

"来看看你。"

"怎么会有空？"

"辞掉了工作。"

南孙一呆："日本人难为你？"

"他让我早上去接他上班。"

"我不明白。"

"早上，八点钟，叫我去他公寓按铃，与他一起去谈生意。"

"哎呀呀，把你当早餐？"

锁锁按熄香烟："也许我们俩想得太猥琐，也许他真的不认识路要我陪。"

南孙反而放心了。

锁锁能为这等小事辞去工作，可见她内心世界仍然十分幼稚，黑白分明。

"日本人还有什么不轨行动？"

"没有，但举止间说不出地轻视女性，总认为我们是低等动物。"

南孙想起来："莫爱玲也抱怨过，她说洋行里的英国外办例把所有黄种人当次货，也不是指着鼻子骂，反正有意无意就给你一句，像'阿陈，你一整天做什么，吸烟还是喝咖啡？'。"

锁锁说："这倒无所谓，把我当下女也不打紧，只要不带色情成分。"

"要命，听你们这样说，一辈子不想毕业。"南孙懊恼地吐舌头。

"大学生同我们不一样，多少有点尊严面子，况且你要待五六年后才会出身，届时不平等现象一定有所改善。"

"你有无欠日本人钱？"

"有，一个月薪资。"

"我替你赎身。"

锁锁笑了。

南孙说："你没有再欠他什么吧？"

锁锁光火："你别以为我短短一百天就发了财，请看，衣服都是剪了牌子的退货，皮包手袋是冒牌的，银行存款剩下七十三元五角，我真的抖起来，会舍得不让你知道？"

骂完之后，双方都觉十分痛快。

锁锁长叹口气："有没有林文进的照片，给张看看，天天念他名字三十遍。"

南孙腼腆地递上一张合照。

锁锁一看，嗤的一声笑出来。

南孙不满地看着她，等待解释。

"唇上蓄着的汗毛算是胡髭了？"

南孙瞪她一眼："说话好不粗俗。"

锁锁点点头："小朋友看小朋友，对上了。"

"喂——"

锁锁笑说："肚子饿了，老太太吃什么点心？偷些出来。"

一个月后她换了工作，转到一间电脑代理公司做，随即丢下洋泾浜口语，改学电脑专门名词，一下子又朗朗上口，还挺唬人的。

南孙去看过她，假装是顾客。

她正在吃盒饭，见到有人进店，连忙擦擦嘴，喝口水站起来，饭盒子根本放在抽屉里，一推拢，什么痕迹都没有。

南孙见她手势纯熟，可见是做惯了的，长久下去，恐怕会坏胃，不禁一阵心酸。

锁锁挂着一脸的笑迎上来，蓦然发觉是南孙，倒是一呆。

她抱怨："真会寻我开心。"

南孙低声说："林文进要到英国去读书。"

"又如何？"锁锁充满诧异。

她细细观察南孙神情，忍不住说："没有这样严重吧，何用黯然销魂？"

南孙不出声。

"六点钟再来，与你喝咖啡。"

南孙点点头。

捧着咖啡杯，她向锁锁诉苦："他对我那么好，谁知还是这样。"

锁锁笑："换了是你，也一样。"

"林文进将来的女朋友，未必有我的水准。"

"那是另外一件事，你不让他出去闯，他不会心死。"

"你没有男朋友，你不知道我多难过。"

"我没有男朋友？哦，是，我没有男朋友。"锁锁大笑。

南孙忧郁了一整个月。

晚上睡熟了也仿佛与林文进在谈笑，以致白天精神恍惚，她从未试过如此牵挂一个人。

等到林文进安顿下来，给她写信的时候，她又不想回了。不是没有要说的话，而是无从说起，再隔一段日子，她也就忘了他。

锁锁又离开了电脑代理公司，到一间时装公司任职，卡片上印着经理字样。

南孙笑："唬谁，几时做董事长？"

"快了。"

两人仍然嘻哈笑作一团。

一下子有人来接锁锁，楼下车号按得震天价响。

南孙伏在窗口看："谁，是谁？"

锁锁不答，抄起手袋便走。

蒋太太在一旁听见，便对女儿说："别问太多，她方便说，自然会告诉你。"

"老朋友，问问有何关系？"

"问多了她一嫌，老朋友就丢了。"

"我关心她。"

"各人有各人的路。"

"我担心她。"

"不用，她比你乖巧得多。"

南孙想起来问："妈妈怎么不去搓牌？"

"最近输得厉害。"

"问爸爸要。"

"他也没有余钱。"

"我知道他在金子上赚了。"

蒋太太讶异："你一向不理这些，怎么知道？"

"他昨天说要带我们环游地球，因金价节节上升。"

"啊，今夜我来问他，"蒋太太想一想，"对了，别同你祖母说。"

"老太太一定说：你即使赚得全世界，但赔上你的生命，又有什么益处。"

蒋太太笑："错了，老太太挺关心上落价位。"

南孙非常非常地意外："真有此事？"

蒋太太但笑不语。

做父亲的说得出做得到，果然率领一家人参加旅行团，出发往欧洲，玩了三个星期，连老太太都兴致勃勃一起去，家中只剩下女佣。

蒋太太说丈夫："他，手上要是有个多余的钱，浑身发痒。"

虽然行程非常匆忙，走马看花，祖母在罗马中暑，父亲在花都遇着小偷，母亲在维也纳摔跤，而团友觉得他们一家太吵，南孙还是享受无比。

触角敏锐的她独爱威尼斯。

她说："你看，多么美丽，多么腐败，一个沉沦的城市，潮涨的时候圣马可广场泛着水，我们住的地方太起劲了，天天朝气勃勃，欠缺一份老练的气质，难成大器。"

但是她父母没听懂。

逃难似的好不容易过完了三个星期，一阵风似的又刮回家去，都嚷说欧洲又破又烂，一点也不好玩，永远不再去。

只有南孙万分陶醉，一定要再去，同男朋友，同志同道合的恋人。

兴奋地找锁锁，逼她听旅游记趣，房东说："朱小姐搬走了。"

如一盆冷水浇头："搬到什么地方？"

"不知道。"

"几时搬的？"

"上星期。"

南孙往时装店去找，售货员客气地说："朱小姐陪老板娘到东京买货去了。"

咦，混得还真不赖，"什么时候回来？"

"三四天，请问谁找？"

"请朱小姐同蒋南孙联络。"

"好的。"

南孙心中一丝茫然。

隔了近十日，锁锁才有音讯。

"欧洲之行如何？"

"你是真忙还是假忙？"

"今晚见面，有没有空？"

"到我家来。"

"我有好主意，咱们吃日本菜去。"

一言为定。

锁锁迟到二十分钟，南孙坐立不安，东张西望，几疑找错地方。

迟到这习惯也需培养，学生只知准时出现，迟者自误，事实上南孙一辈子没学会这项女性的特权。

锁锁出现时日本馆子里每个人都眼前一亮。

南孙只觉得她浑身闪烁夺目，皮肤中似揉了宝石粉，顿时忘了呆坐二十分钟的事。

锁锁笑吟吟坐下来，伶俐地点了菜。

两人异口同声地说："看我带了什么给你。"

南孙笑："先看你那份。"

"不，你请先。"

南孙献她的宝："翡冷翠买的。"

是一只玻璃镇纸，圆形水晶球里绽开一朵朵七彩的菊花图案，无比地璀璨艳丽。

"喜欢吗？"

锁锁却微笑："可见你还似小孩子，专买这种小玩意儿。"

"别在我面前装大人，你又送我什么？"

锁锁把一只小盒子递给她。

南孙打开，是双小小钻石耳环。

南孙急急戴上。中三时两人结伴去穿耳孔，从此破相，南孙的左耳还发了一阵炎。

锁锁说："好看极了，你不能戴流苏型耳环，这才配你。"

"是真的钻石？"

"这么一点点，自然是真的，假的做不出来。"

"环境大好？"

"过得去，我想见舅母，把钱还她，再不还，快要双倍偿还。"

南孙看着她，心中算一算，短短九个月，换了三份工作，居然有积蓄可以还旧债，大不简单。

"南孙，你陪我去。"

"写张支票寄回去不就算了。"

"那不好，那把人当什么呢，区家待我不薄。"

这一点的温情使南孙放心，人的本质是不会变的。

"什么时候上去？"

"这就去走一趟。"

"皇帝不差饿兵，这一顿你请。"

锁锁松口气："自然。"

南孙仍然盯着她的脸看。

"看你一脸疑惑相,告诉你,我带了两只金表过去,刚刚有人要,对本对利,请客也是应该的。"

锁锁若无其事拉起南孙便走。

她开一部日本小跑车。

南孙目瞪口呆。

锁锁当然知道老同学想些什么:"朋友借给我的。"

她无须向任何人解释,但南孙关注的神情使她不得不交代一句半句。

南孙说:"你看你生活多么豪华,而我,仍是替人补习,打球温书。"

锁锁不语。

车子驶到西区,停下来,她俩结伴走向区宅,还未到,已闻到那股熟悉的面包香。

仲夏夜,石板街,榕树须直垂下来,南孙用手拂开,问道:"是什么树?有一种树,传说根下永远隐蔽着一只鬼。"

锁锁没有回答。

她双目直勾勾看着一个建筑地盘。

南孙这才会过意来,不禁低呼:"拆掉了。"

区家住的四层楼房子已拆得一干二净，此刻用木板围着，白漆红字，书写着建筑公司的名称。

自空口看进去，只见泥地上堆满钢筋机器。

"哎呀，人去楼空。"

锁锁像无主孤魂似的站着不动，她回来了，回来报答于她有恩的人，他们却已离去。

年轻的她第一次尝到人生无常的滋味。

过了很久很久，她低声说："我还以为，一切恩怨可以在今夜了结。"

"我们走吧。"

"你看。"

南孙随锁锁手指的方向看去，只见地盘隔邻已经封闭的一层旧楼乌黑的露台上摆着被弃置的花盆，密密麻麻开出硕大、雪白、半透明的花朵，随着晚风正微微摇摆。

"昙花！"南孙说。

那特有幽香冲破黑暗洒得她们一头一脑，迷惑地钻入鼻子。

锁锁站着发呆，似一尊石像，薄薄衣裳被风吹得贴在身上，又过一阵子，她才颓然说："走吧。"

真没想到她不择手段要离开要忘记的出生地，又胜利了一次，比她更早一步离弃她。

两人上了车。

使南孙害怕的不是锁锁突然成为有车阶级，而是她对新身份驾轻就熟，一丝不见勉强。

"去哪儿？"南孙讶异地问。

"去我家。"

南孙默不作声。

过一会儿她说："锁锁，我们之间的距离越来越大。"

锁锁笑不可抑："是，你迈步向大学走过去，而我老不长进。"

"你怎么说起蒙古话来？"

锁锁来一个急转弯，车子停在一个住宅区。

南孙只得跟着她走。

她用锁匙打开了门，小小精致的公寓全新装修，主色是一种特别的灰紫，非常好看。

锁锁问："好不好？专人设计的。"

南孙浏览一下："像杂志里的示范屋，的确舒服。"

锁锁略觉安慰，倒在沙发中："自己有个窝，回来浸个泡泡浴，好好松弛。"

她到厨房取饮料。

南孙看到案头有她们中学时期的数帧合照。

区宅旧楼卫生设备甚差，没有浴缸，亦无莲蓬头，淋浴要挽一桶水进浴间，很难洗得畅快，换衣服时又容易弄湿。

锁锁无疑是熬出头了。

现在她浴室里摆着一式灰紫色大小毛巾，肥皂都用迪奥，琳琅的香水浴盐爽身粉全部排在玻璃架子上，香气扑鼻。

这么会花钱，这么懂得排场。

锁锁捧着咖啡出来。

"像女明星的香闺。"南孙说。

锁锁说："搬这个家，真把人弄得一穷二白。"

"听说租金涨得很厉害。"

"我这是分期付款买的，比租还便宜。"

南孙对锁锁已经五体投地，再也没有惊异的表情露出来。

锁锁说："现在你可以到我家来借宿了。"

"随时会有那么一天。"

"此话怎说？"

"祖母逼害我。"

"你夸张了，老人家十分慈祥。"

"每次交生活费给我，都唉声叹气，大呼作孽，蒋氏绝后等等。"

锁锁忍不住笑："真是家家有本难念的经。"

"越来越怨，指着我这株桑，骂的是我母亲那棵槐，真为妈难过，忍了这么久，人家说就是这样生癌的。"

"这话就没有科学根据了，你不爱听，到我这里来住，我替你缴学费。"

南孙笑："不见得为这个离家出走。"

喝完咖啡，南孙告辞。

锁锁坚决不允她独身叫车返家，一直开车把她送到家门口。

过几日蒋太太进房同女儿说话。

开门见山便问："朱小姐最近好不好？"

南孙自课本中抬起头来，看着母亲。

蒋太太爽快地说："你父亲的意思是，不要同她来往，怕她把你带坏。"

南孙问:"她有什么不对?"

蒋太太坐下来:"听说朱小姐在大都会做。"

"大都会,是什么地方?"

"是一家夜总会。"

"你指锁锁做舞女?"

蒋太太不回答。

"爸爸怎么知道,他去跳舞,亲眼看见?"

"他陪朋友去散心看到的。"

"人有相似,看错了。"

"不会的,朱小姐曾在我们处住了那么久。"

"我不相信。"

蒋太太不言语。

"即使是,又怎么样?"

"或许你可以劝劝她。"

"怎么劝,我又没有更好的建议,妈妈,你们别干涉我交友自由。"

"我知道你们俩亲厚。"

"我不管,朱锁锁是我朋友,永远是。"

"你看你脾气。"

"爸爸若问起，只说我们已经不大见面。"

蒋太太不出声，静静点起一支香烟，把女儿房门掩上。

"你也应该管管他，就该他自己跳舞，不让别人做舞女，谁同他跳。"

"这是什么话，这是同父母说话的口气？"隔了一会儿，蒋太太说，"唯一受我管的，不过是麻将桌上的十三张牌。"她的声音无比苍凉。

南孙扭响了无线电。

即使在考试期间，南孙还是抽空找到了大都会夜总会。

守门口的印度人并没有对她加以注意，她轻轻走进装修豪华俗艳的地库，注意到这一类娱乐场所多数建在地下，不知象征什么。

南孙说要找朱锁锁。

女经理一听就明白："骚骚。"

"是。"

"她每逢一三五来，今天星期二。"

南孙并不觉得特别伤感或是反感。

无论什么都需要付出代价，一个人，只能在彼时彼地，做出对他最好的选择，或对或错，无须对任何人剖白解释。

"小姐，你满了十八岁没有？可不要给我们惹麻烦啊。"

做生意的女人，并不如祖母口中那么可怕。

不知怎的，南孙居然温和地问："生意好吗？"

女经理颇为意外："好，极佳，现在市面不错，你可以问骚骚，客串一晚，不少过这个数目。"她竖起一只手，"而且每天发薪水。"她以为南孙来打听行情。

南孙问："黑社会呢，他们不控制小姐？"

女经理一呆，呵呵笑起来："这位妹妹真可爱，骚骚上班时我知会她你来过。"她站起来送客。

南孙又说："骚骚，标致的名字，是不是？"

女经理几疑这女孩服食过麻醉剂，所以全不按常理说话，是以连忙赔笑，急急把她送走。

南孙走出地库，在附近灯红酒绿一区逛了又逛，忽然在橱窗玻璃上看到自己竟是一脸眼泪。惊骇之余，连忙掏出纸手帕用力擦去一切痕迹。

她觉得疲倦，庆幸有个家可以回去。

电车当当响，是她最喜欢的交通工具，迟早要淘汰的，都挤到地底去用更快更先进的车子，这城里容不得一点点的浪漫悠闲，几百万市民同心合力，众志成城地铲除闲情逸致，且成功了。

年轻的南孙从来没有觉得这么累过，整个人进入心神恍惚的境界，想到童年时发生的，毫不重要的事：四五岁同父母看完电影，乘电车回家，父亲指着霓虹灯管上的英文字母，叫她认出来，造成很大的压力，她一个也不认得，从此见到字母便害怕，而做父亲的亦十分失望，肯定南孙是蠢钝儿。

一直要待很久以后，上了中学，每学期考在五名内，做父亲的对女儿改观，然而已经太迟了，南孙永远有种遗憾：她父亲未能识英雄于微时，是以变本加厉地用功，好显一显颜色，因为成功是最好的报复。

尤其是这一年，读得山穷水尽，她索性买本梁实秋主编的《英汉大字典》，摇头晃脑地背生字。

电车到站，南孙站起来，留恋地看了看霓虹灯，怎么会想起这些琐事来，想是不欲使脑袋空着，接触到更复杂的问题。

还有，林文进已经很久没有来信。

临走前，他叫她也考虑出国，看得出他心猿意马，一颗心早已飞到异邦，只不过敷衍老朋友。

这样经不起考验，可见《咆哮山庄》[1]中凯芙琳[2]变成鬼也要回来在雨夜中寻找希夫克利夫[3]这种情操只存在于小说中。

南孙养成看爱情小说的习惯，每夜一章方能入睡，中英著作并重。

是夜，她读到深夜，忘记除下隐形眼镜，第二天双目通红。

蒋太太怪心疼地说："去配副软的吧。"

祖母却瞪她一眼："花样镜真多，都是没有兄弟，所以宠成这样。"

无论谈的是什么题材，老太太总有办法扯到她的心头恨上去。

南孙也学着她母亲，聋了半边耳朵。

连蒋太太都说："南孙虽是急性子，却从未顶撞过祖母。"

南孙怀疑自己从出生那日就惨遭歧视，已成习惯，她

---

[1]　《咆哮山庄》：《呼啸山庄》。

[2]　凯芙琳：凯瑟琳（Catherine）。

[3]　希夫克利夫：希思克利夫。

放下历史课本："抗战八年，大家还不是都活着。"

家里环境忽然好转，蒋先生外快显著增加，嘴里老说："七二七三年那种光景是不可能的了，但真没想到还有今天。"

买了汽车，雇了司机，专门哄撮老太太，送她来往礼拜堂。没过一会儿，蒋太太的麻将搭子也换掉，仍然出去打，不过打得比较大。

在父母面前，南孙从不问钱从何来，在好朋友面前，更加提也不敢提。

唯一踏实的可靠的，是成绩表上的甲甲甲。

八月中，锁锁打电话来找。

"考得怎么样？"

南孙心头一阵暖和，她没有忘记。

"全班首名？"

南孙傻笑："我又不会做别的。"

"出来同你庆祝。"

"你还在时装店做买办？"

"我进了航空公司，下星期飞欧洲线，今晚我来接你。"

"不不不，我们约个地方等。"

"随便你。"

朱锁锁例牌迟到二十分钟。

一身黑色，宽大的上衣前面没有怎么样，后面另有千秋，完全透空，有意无意间露出雪白的肌肤，窄裙，丝袜上有水钻，九公分高跟鞋，小格子鳄鱼皮包，叫的饮料是威士忌加冰。

分了手才短短一年，南孙觉得她俩再也没有相同之处。

锁锁像是懂得传心术，说道："我仍然留着长发。"

"我也是。"

"你那个要烫一烫了，否则看上去十分野，不过你是学生，自然一点只有好。"口吻老气横秋，像个前辈。

"同学们都剪掉了。"

"一下子潮流回来，留长要等好几年，我才不上当。"锁锁笑。

仿佛这次见面，完全是为着讨论头发的问题。

终于锁锁说："你也变了，比去年沉实得多。"

"唉，也许功课实在紧张，考不上这两年就白费，谁也甭妄想出去。"

"有没有春天才不重要，最好做学生，年年有暑假。"

"谈谈你的新工作。"

南孙希望她飞来飞去之际，不再会有空到大都会客串。

锁锁却不愿谈这个问题："最近看了什么好小说？"

"对了，你到伦敦的话通知我，想托你买几本书。"

"包我身上。"她点起一支烟。

"有没有找到舅母？"

锁锁一怔，像是刹那间想不起有这么一个人，这么一回事。

南孙即时后悔，立刻改变话题："我还以为你会带男伴出来。"

"还没有固定的男友，你呢？"

"也没有。"

锁锁感喟地说："见的人越多，越觉得结婚是不可能的事。"

南孙奇问："你想结婚？"

"才不呢，"锁锁骇笑，"咦，那些男人。"像是在大都会待过，从此怕了男人。

"会有好人的。"

"在大学里也许，但好的男人大半像沉静的孩子，你要无微不至地照顾他们，也是很累的一件事。"

南孙想也没想过这一点，也不明何以锁锁有这种过来人的语气。

锁锁看南孙吃个不亦乐乎，笑说："你仍是个孩子。"

南孙说："这是性格问题。"

"我还以为是环境。"

"管他是什么，只要不影响我们的友谊。"

正说着，有一个风度翩翩的年轻人走过来："骚骚。"手搭在她肩上，她并没有避开，反而趁势握住他的手，态度亲昵。

她介绍："南孙，我同学。这是谢宏祖。"

南孙点点头。

只听得小谢笑道："可让我碰见了，天天说没空，幸亏同女孩子在一起。"

他笑着回自己的桌子，一大堆人，男的全像金童，女的都似玉女，略嫌纨绔，但不失天真，南孙不讨厌他们。

她以熟卖熟地问："谢宏祖干哪一行？"

"吃喝玩乐。"

"啊？"

"他什么都不干，他家里做航运。"

"追你？"

"但凡穿裙子的都在他追求之列。"

"是要有这种人才显得热闹。"

"谁说人没有命，不由你不妒忌。"锁锁眼角瞄着那一桌。

南孙按住她的手："但社会也有你我的地位，我们会成功的。"

锁锁只是笑，叫结账，领班说谢先生已经付过。

这时小谢又过来坐下。"明天，"他缠住锁锁，"明天一定要答应我出来。"

锁锁说："明天我在巴黎，你也来吧。"

"咄，来就来，又不是稀罕的事。"

锁锁笑："那么巴黎见。"

她拉着南孙离去。

"明天你真去巴黎？"南孙问。

"不，是罗马。"

"你何苦骗他，说不定他真去了。"

锁锁笑不可抑："真，他那种人的世界里有什么叫真。"

她一点也不相信他，可是在他面前，又装得一丝怀疑也没有，这种游戏，需要极大技巧。

南孙不禁羡慕起来，离开学校就可以玩疯狂游戏，待她数年后毕业，锁锁已是九段高手。

"谢家有一只豪华游艇，几时叫他借出来我们玩。"

七个月后，她又辞去飞行工作。

南孙每见锁锁一次，就发觉她身上的行头道具又进一步地考究精致。

不知从什么时候开始，朱锁锁已经放弃穿黑白灰以外的颜色，年轻女子穿素净的颜色反而加添神秘的艳光，她对南孙说，女性到中年反而要选鲜色上身，否则憔悴的脸容加灰秃秃的衣服活像捡破烂的。

她对这些十分有研究，缴的学费也不知有多少。

开头认为貂皮最金贵，做了黑嘉玛穿，后来又觉得土，扔在橱角，穿意大利皮草，最后宣布最佳品位是开司米大衣，让南孙陪她去挑挑。

走进精品店，南孙不相信衣服上挂着的标价可以在真实世界中找到顾客。

然而她亲眼看到老老嫩嫩的女性穿插在店堂中，每人双臂拥霸着一堆新衣，满脸笑容喜滋滋地往试衣间跑去，夏季试冬装，冬季试夏装。

南孙从没见过如此荒谬现象，这些女人，包括锁锁在内，视穿新衣为人生至大目的之一，但愿她们来生投胎为芭比娃娃，不停地穿换时装。

当下锁锁爱不释手地选购了一大堆，南孙坐在沙发上看杂志等她。

为着一件晚装，锁锁几乎与一位中年女士吵将起来，两人都争着要。那妇女有薄而且大的嘴唇，并不打算相让，沙哑的喉咙发出咕哝声响向经理抱怨名店快成为小妖怪的世界。

终于南孙把锁锁拉到一旁说："别忘记敬老。"

锁锁立即慷慨松手，并取出金色信用卡挂账，南孙留意到编号只得两个字，显然不属于锁锁本人所有，当时并不言语。

出得门来，锁锁把其中一包交给南孙，南孙一怔，马上摇头。

"怎么，不喜欢？"

"学生哪用得着这种排场。"

"收下。"

　　"我不是不爱华丽的衣裳，只是人生在世，总还有别的事可做吧。"

　　锁锁瞪她一眼："这连我也骂在内了。"

　　南孙打量她："你又自不同。"

　　"什么不同？"

　　"你穿上实在好看。"

　　锁锁乐得搂住她的腰。

流金岁月

叁.

上一代的女人，
老放不下空虚的心灵，
我们不同，我们铁石心肠，
男人无机可乘。

春去秋来，在锁锁不停换季的当儿，南孙读完预科课程。

办大学入学式当日，南孙还记着祖母上一夜说的话，怀恨在心。

老太太自饭碗中抬起头来满怀牢骚地说："还要读下去！将来做宰相仍然跟别人姓便宜人家。"

做父亲的连忙打了一个哈哈："叫女婿入赘好了。"

祖母仍然不忿："蒋家就此绝后。"

南孙只得闲闲说："中华民族有无数姓蒋的男丁，有什么分别呢？"

谁知祖母忽然摔了筷子动气就回房间去下了锁不再出来。

南孙叹口气，原以为家长会夸奖几句，谁知惹来一肚子气。

她急急同好友诉苦，锁锁却说："无论做什么，记得为自己而做，那就毫无怨言。"

南孙啼笑皆非，表示听不懂哲学家的话，约好第二天见面。

这一阵子，锁锁像是比较空闲，暂处无业状态。

坐在礼堂中填表格，南孙心中有一分骄傲，终于完成悠悠七载的中学生涯，她清一清喉咙，装出成人应有的端庄姿态。

"错了。"

南孙抬起头。

"这一项是填你的成绩，不是地址。"坐在她身边的年轻人笑嘻嘻地说。

南孙低头一看，果然不错，她一向没有填写表格的天才，不是错这里就是错那里。

年轻人说："我替你拿张新的。"

他站起走向讲台，南孙见他穿着皱麻的淡色西装，知道他环境不错。

这几年风气已转，家长第一志愿是把孩子往外国送，大学学位反而多了出来，学生层次较为广泛，什么阶级都有。

那年轻人回来时说:"我叫章安仁。"

他顺手取过南孙手中的表格,照样帮她填一张,这无疑是掌握了她所有的资料。

南孙也想过抗议,但一则大家分明是同学,二则他长得不讨厌,还有,大堂那么多女生,他偏偏选中她,使她有点欣喜。

南孙乐意结识他。

章安仁填表填到一半,吹一记口哨:"原来是高才生,这么好的成绩,何必留在本市?伦大年年有好几个奖学金。"他抬起头来再细细打量她,像是这一次连带要欣赏南孙的灵魂。

南孙但笑不语。

办手续时他一直跟随她身后,待做完这一切他问:"蒋南孙,要不要去喝杯咖啡?"

南孙很客气地说:"我约了人。"

章安仁有点失望,随即说:"我送你去。"

"不用,朋友会来接我。"

章安仁一筹莫展地看着南孙。

南孙觉得应当给他一点鼓励："你不是有我家电话吗？"

一言提醒了他，小章露出笑脸。

南孙走到校门口，小章仍如影随形。他并不出声，两手插在裤袋中，一直随出来。

南孙的心比平时跳得略快。

她刚想回头同他说话，听得汽车喇叭响，一抬眼，看见锁锁坐在一辆敞篷车里，白色车身，红色皮座椅，又是朋友借出来的吧，这种朋友，普通人一百年也碰不到一个。

显然小章也为这个场面意外，他看着南孙上车，摆摆手。

锁锁扶一扶太阳眼镜："小男生是谁？"

"刚刚才认识。"

锁锁笑："大学里同学，四年功课，四年感情，毕业打好事业基础，也该结婚了，生下一男一女，白头偕老，像一篇言情小说。"

南孙皱起眉头："听一个大纲就闷死人，如此偷工减料的小说，谁要看。"

"你打算如何修改情节？"

锁锁把车子开得风驰电掣。这种天气，随时会下雨，她却偏冒险在灰紫色天空下用敞篷车。

锁锁性格独特的一面在小事上泄露出来。

南孙说："毕业后非得好好做十年不可。"

"我憎恨工作。"锁锁叹息。

"最近几个月你都没有上班。"

"我有新计划。"

"骚骚，你真不愁寂寞。"

"谁说的？"

"看那些男人的眼睛就知道。"

"你也发现了那些恐怖的目光，像不像禽兽？简直想用眼神来脱光女人的衣裳。"

南孙说："等到没人看的时候，哭也来不及。"

"长得好也有烦恼，渐渐其他的优点得不到发挥的机会，完全受淘汰，只剩下一张面孔，一副身材，多惨。"

"无病呻吟。"

"你没有试过独居，你不知道。"

"那么多朋友还唱叹十声，鬼相信。"

锁锁不再追着这个题目发展："恭喜你了，如愿以偿。"

南孙悠然把手枕在脑后："是。"

"高兴吧?"

"又可以自在四年。"南孙笑。

"令尊令堂可好?"

"家父的为人,你是知道的,最近忙得要命。"

"在干什么?"

"急急买入还没有动工的纸上房子,又急急脱手,从中获利。"

锁锁点点头:"炒房子。"

"为啥叫炒?股票黄金,都可以炒来吃的样子。"

锁锁笑:"这就是中文的精髓了,炒的手势急而且促,一熟马上得兜起上碟,稍一迟疑,立即变焦炭,跟做投机生意有许多相似之处。"

南孙点点头:"说得也是。"

"那令尊应当赚到一点。"

"也一样焦头烂额,下的心血不下于人家正经事业,因为利息高,押了东西借了银行的钱去做,所以相当头痛。"

"东方花园的房子不错,他有没有动脑筋?"

"咦,骚骚,你对行情熟得很哇。"

锁锁一笑:"来,吃你心爱的海胆黄。"

吃完这一顿回家，南孙就接到章安仁的电话。

南孙下意识也确在等他。

十九岁也该物色异性朋友了。

当夜她父亲发牢骚："老张真不是生意经，平日称兄道弟，要紧关头他却来办公事，一点带挈都没有。"

南孙根本听不懂："老张是谁？"

蒋太太说："一个建筑师。"

蒋先生拍着大腿说："东方花园少说也有三百个单位，竟一个也拿不出来交给老朋友，太不够意思，这回可看清他为人。"

南孙忍不住笑了。原来在那人身上捡不到便宜，可以骂那人不仁不义。

父亲瞪女儿一眼："你笑什么，越发宠得你不像个样子。"

南孙暗暗吁出口气，父亲近日脾气急躁，大抵身受压力不少，她情愿他旧时模样，没出息地好白话，成日游手好闲。

蒋太太悄悄说："这里面有老太太的份子，所以他特别紧张。"

南孙换件衣服便出去。

她同锁锁说："一过了十八岁，在家就成为吃闲饭的人，谁都嫌我。"

"你看你，脸皮吹弹得破。"

女佣掇出茶来，南孙一呆，又是一项新排场。

"我下个月搬家，新居比较宽敞，有两个露台。"

南孙一听这话，缓缓呷一口咖啡，很暧昧地说："骚骚，人在江湖，万事小心。"

锁锁回味这话，呆了半晌，承认说："可不是，我竟成为江湖客了。"

南孙怕开罪她，原想解释几句，又怕画蛇添足，气氛有点僵。

"你同小章呢，有没有进展？"

"还不是喝茶看戏，比起你，益发觉得生活似小儿科。"

"那多好，我从未与同年龄的男生拉过手，看见你那陶醉的样子，羡杀旁人。"

南孙连忙收敛笑容，正襟危坐，怕做轻骨头。

电话铃响，锁锁去听。

她把声压得很低很低，反而有种腻得化不开的感觉。

"……当然在家，不然还到哪里去。有客人在，你好奇，不来看看是谁？"

似小时候祖母买的麦芽糖，装在瓷罐里，用筷子挑出来，绕几绕，还可以拉得老远老远。可惜从来吃不完一整罐，因为蚂蚁闻风而来，排着队上。

锁锁说下去："……是我同学，不相信？想买东方花园，给两层有海景的如何，三百平方米那种即可。"

南孙听见说到她头上，不禁深深纳罕。

"还要考虑？唉，算了。"连叹息声中都充满笑意。

挂了电话又回来让南孙吃水果，没说几句，门铃一响，进来的是一位中年男子。

女佣忙称李先生，可见是熟客。

但南孙不见锁锁站起来招呼他，她自管自蜷缩在沙发中，似一只猫，只用两只宝光灿烂的眼睛盯住他，嘴角似笑非笑。

那位李先生自己斟了杯酒，坐下来，与锁锁对望，眉来眼去，尽在不言中。

不知怎的，南孙的面孔红起来，她讪讪地说："我告辞了。"李先生站起来："是蒋小姐吧，骚骚时常提起你。"

南孙觉得他没有架子，相貌也威武，于是与他握手。

"蒋小姐要置业？"

"呃，是家父……"

中年人马上取出张卡片："请令尊与我联络。"

南孙并不是贪心的人，但也察觉凭这一句话，不知少走几许冤枉路，少兜几许无谓的圈子，不禁道谢。

这时锁锁才闲闲地问："有没有折扣？"

南孙觉得十二分不好意思，连耳朵都是麻辣辣的，想必红得透明，连忙站起来，再一次告辞。

李先生却说："蒋小姐，我这就走，你们慢慢谈，骚骚说你是她最好的朋友。"

他自己开门去了，前后逗留不到十分钟。

而锁锁从头到尾以同一姿势坐在同一位置上，动也没动过，但南孙却感觉到室内不知什么一直在流动，引起人无限遐思。

过了一阵子，锁锁用遥控器开了电视。

荧幕上著名艳星穿着半透明的裙子一边抛媚眼一边唱情歌，宣传新唱片。

锁锁说："看到没有，这是李先生现任女朋友。"语气很平静。

　　那女人已上了年纪，浓妆打扮，露着中年女人应有的胖膀子及粗腰身，她不愿节食，瘦了只有更干更憔悴，一张脸仍算娇俏。

　　年龄到了这种关头，已不是好看抑或不好看的问题，再美也还给观者一种折堕的感觉，够不够都该金盆洗手，还隐隐约约给人看大腿胸脯干什么，露了这么些年也该觉得凉飕飕的了。

　　"你的情敌？"南孙问。

　　锁锁只是笑。

　　哪是锁锁的对手。

　　南孙说："到了四十，我就学母亲大人，除了打牌午睡吃燕窝，什么都不理。"

　　"不是每个人都有那种福气。"

　　"祸福无门，唯独人自招。"

　　"你看她，"锁锁嘴巴努努电视，"无路可走，无事可做，无处可退，只好继续唱游。"

　　"听说她有积蓄。"

　　"上一代的女人，老放不下空虚的心灵，我们不同，我们铁石心肠，男人无机可乘。"

"连恋爱都放弃？"

锁锁避而不答："昨天十二点半就睡，一直到今早十点三刻才醒，中间没有做过梦，也没有醒来，你看，像一颗心已经死亡，除了睡眠，不想其他。"

声音中有许多感慨。

南孙终于告辞。

她把李某的卡片搁在书桌上，也没同父亲说起，蒋太太进来看见，问知因由，立即向丈夫去打报告。

南孙看在眼中，越发可怜母亲，多年来她不知什么叫自尊，卑躬屈膝待主子手指缝间漏些好处出来……一定要经济独立，否则简直没有资格讲其他！

南孙随即又为自己的不忿暗暗好笑。

她父亲为一张六公分乘四公分的卡纸大大骚动，又迫不及待地打了电话，电话居然接通，他连声音都颤抖起来，南孙只听得他报上姓名后一连串的是是是是，挂上电话，满面红光，额角上泛着油，像是门楣都光彩起来。

这种怪现象使南孙发呆。

只听得蒋先生一声"啊哈"："这下子老张可没话说了吧，哈哈哈哈哈，他再也没想到我同他老板直接交易！"他用力拍着桌子。

锁锁说过会报答蒋家的。

蒋先生又道："李先生同我说，叫我不必下定洋，只需上去签一个字，反正一星期后即可脱手赚钱。"他兴奋得团团转，"真有办法，太令人佩服。"

南孙不知父亲佩服的是地产商李某抑或是小女子朱锁锁。

蒋太太也跟着人逢喜事三分爽的样子，搭讪地问："朱小姐是李先生的朋友？"

忘了，都忘了一年前他们曾经警告女儿，不能再与坏女孩来往。

坏，也要大大地坏，坏到一流，也是个人物，照样有人跪着拜。

南孙感慨到想干一杯烈酒。

看样子锁锁在这三年间是孵出头了。

她与南孙说："你明白了吧，我从没在他手中接过现款，但是他指点我，教我投资，是我自己赚回来的。"

南孙心中有一个譬喻，不敢说出来，假使有人把六合彩头奖六个号码告诉她，她也会拿两块钱出来投资，赚他一票。

蒋氏雄赳赳、气昂昂地要设宴请朱小姐吃饭，最好她能把李先生也请出来。

南孙并没有把这个意思传达给锁锁，只说她去了欧洲。

过了没多久，锁锁真的偕李某到巴黎度假去了。

南孙的学生生活乏善足陈。

章安仁是唯一的清凉剂。这个建筑系的男生出身小康，本来同时考取英国一间大学，却因比他小一岁的弟弟而留下来，把机会让给他。

像时下所有有志气的青年，出人头地是他人生一大目标，名利心重，南孙有时觉得他把得失看得太要紧，但谁也不否认他是个好青年，老太太尤其喜欢他，连带着对南孙也有点改观，她现在老爱说："女孩子命好即可，嫁得好便是命好。"

最苦恼的是南孙以大学生身份竟没法与无知老妇辩驳，尽管有人要，女人嫁两次三次也总不是正路。

周末章安仁总来蒋家逗留一会儿。

冬季，两人冲了热巧克力喝，背靠背听音乐聊天。

南孙仍然留着一头长发，编成一条大松辫，小章爱把辫梢搁在上唇装胡髭。

南孙为这把头发下的心思不可谓少，隔日洗一次，印象中它从来没干透过，因不能用热风吹，怕折断。

几次想剪短，但章安仁说："没有这海藻似的头发，我就不认得你了。"

锁锁在巴黎拍的照片及两人中学时留影一起搁案头，章安仁眼睛瞄到，便取过看。

"后面的公寓房子是她的产业，凯旋门路一号。"南孙指与他看。

"她真是你的同学？"

"当然。"

"这么有办法的奇女子不像日常生活中可以遇到。"

"她只不过比较懂得做生意。"

"什么生意？"章安仁声音有一丝轻蔑。

南孙觉察到这一点，便不搭腔。

但小章并没有停止："一个年轻女人要弄钱，也不是什么困难的事，况且她又长得那样，又叫骚骚这样的名字。"

南孙站起来，霍地转身，坚决地说："够了。"

章安仁大惑不解地抬起头来。

"她是我朋友，如果你不喜欢她，我不介意，但别对着我批评她。"

"可是我说的都是事实。"

"男人，在任何情形之下，不得批评女性，免失风度。"

章安仁见南孙如此决绝，倒是十分意外，一则他认为在甲女面前挑剔乙女，简直是恭维，二则他觉得他同南孙已经够亲密，不应有任何人夹在当中，年轻人一时下不了台，便一声不响站起来离开蒋家。

在门外被风一吹，章安仁有轻微悔意，他故意逗留一会儿，待南孙追出来挽留他，他好趁势将她一把搂在怀中，就像电影中那样。

但是他等了一刻，南孙并没有出来，他只得走开，赌气去打了一个下午的球。

球伴中不乏同年龄的女孩子，也都很活泼漂亮，剪了最时髦的发型，穿着最时款的衣裳，但章安仁却独独爱上蒋南孙独特气质。她是那种罕有的不自觉长得好的女孩，随随便便一件麻包呢大衣加条粗布裤，鞋子老得似坦克车般笨重，越发显得人敏感而细致，不着颜色的面孔有天然的浓眉及长睫，做起功课来像电脑，喜读爱情小说这一点尤其可爱。

换句话说，似南孙般尚未被大都会空气污染的少女已经不多了。

一整个下午他都惦念她，早知这么吃苦，就不该开罪她。

晚上电视演一个荡气回肠的爱情片，章安仁想提醒南孙看，终于忍了下来，他不知这场赌气可以拖多久，迟早要投降的，但忍得一时是一时。

荧幕中的女主角对情人说："……我知有个沙滩，那沙白得耀眼，我带你去，我带你去。"

但她犯了案子，他通知执法人员来把她带走，他偷偷流泪，音乐奏起，黑人歌手以怨曲的味道唱出"你若要使我哭"。

章安仁按熄了电灯。

第二天天气冷得不属亚热带，他在课室门外看到南孙在等他，头发毛毛的，大眼惺忪，鼻端红红的，双手戴着他送的真皮红手套。

不知怎的，顿时有一股暖流流通他全身，他趋前去，温柔地握住她的手。

南孙抬起头来看着他，"真冷。"她说。

"冷死人。"章安仁说。

当日傍晚，小章把南孙带回家去见父母。

伯父伯母很健谈，看得出是势利的，故此颇为喜欢南孙。

南孙跟着锁锁学来一点皮毛，买了大盒名贵手制巧克力送礼，上海人极重视这些细节，她受到特殊待遇。

小章带她参观家里。"这是我的房间，婚后你可以搬来住，"他开玩笑，"要是不满意，我搬到你家去也一样，要不，叫双方父母各投资一半，我们组织小家庭。"

南孙但笑不语。

他们确实成了一对，南孙一直没有其他男朋友。

锁锁在凯旋门路一号住了很久很久，初春才回来。她同李氏的关系，已经很公开，小报与一些杂志都渲染得很厉害，听说开会的时候，李氏把她带在身边，令一些年高德劭的董事非常不满，频频抗议，怨声载道。

每次读到这种新闻，南孙总是大笑一场，乐不可支，觉得好友似一枝曼陀罗。

至于她自己，已立定主意要做一棵树。

锁锁新家装修完竣，南孙上去参观，一桌一椅，灯饰窗帘，都是精心选购，甚至是门上一道防盗链，都系出名门，别出心裁。

非常非常豪华瑰丽，年轻如锁锁这样的女主人简直担当不起。

她穿着发白的粗布裤，旧衬衫，躺在织锦沙发上，鬈发几乎垂到地上，脸容无聊，南孙趁这种强烈的对比替她拍下照片，许多刊物争着采用。

锁锁看上去并不见得特别开心。

自水晶瓶子斟出琥珀色的酒，她缓缓呷饮。

楼下停着巨型房车，穿制服的司机侍候。家中用着名厨，每天吃饭前研究菜单。

南孙却怀念区家尾房幽暗中传来的面包香。

她没有同锁锁说起这些，也许她爱听，也许她不爱，谁知道，她决定不冒这个险。

没多久，南孙遇到生活中第一件棘手事。

系里来了一名新讲师，女性，年纪比她的学生大不了多少，照南孙的看法，一瞧就知道不是省油的灯：皮肤晒得黑黑，额角油油，单眼皮眼睛自有一股媚态，有种外国人最喜欢这种东方风味，加上她打扮另有一功，一时穿大襟宽身唐装，又一时系条沙龙裙，引得大学里老中青三代不少洋人尽在她身边转来转去。

但是她却偏偏似看中了章安仁。

若说南孙是好吃果子，那是骗人的，她也是被宠坏了的孩子，别人的卷子交出去，拿个乙等，她向同学借来抄一遍，反而拿甲等，这其中有什么巧妙，南孙自然不会公开，她有她的法子。

如今欧阳小姐偏偏是她的讲师，那女人不把她放在眼内，量南孙也不敢动弹，公开地约章安仁课余去打网球。

南孙觉得一口气难以下咽。

这样下去，死忍死忍，难保不生癌。

而章安仁，也不知是真不懂还是假不懂，约他三次，他居然也肯去一次。

南孙含蓄地讽刺过他一次，他却说："总要敷衍敷衍，到底是老师。"

"她不是你那一系的人。"

"他们时常在一起通消息的，对了，你别多心，真奇怪，我与珍妮、伊利莎白她们在一起玩，你又不闹。"她们是他的表姐妹。

章安仁不知道其中诀窍，这里面别有苗头的成分，年轻人最着紧这个。

南孙同锁锁说："你看你看，我眼眉毛给人剃光光。"

锁锁笑得前仰后合："啊，蒋南孙，我实在爱你。"

"你不知道，不是我小气，那女人掌握我的英国文学卷子，现在我无论写什么，丙减，人家抄我的功课，甲加，这样下去，我升不了级。"

"那么，叫章安仁跟她回家。"

"我不相信你！"

锁锁说："她只是一个小小讲师。"

南孙心一动，她说得对。

"擒贼擒王。"

一言提醒了南孙，欧阳的老板是罗布臣，罗布臣还有上司，这上司的鼎爷是系主任张良栋教授。

张良栋非常精明，系中每个学生都认得，特别是蒋南孙。

最后一次见面在礼堂，中文系邀请到金庸来演讲，各派各系的老师学生慕名而来，倾巢而出，挤得礼堂水泄不通，为免触犯消防条例，一部分人只得站在门口听，而不能看，南孙就是其中一名。

站累了，她往后靠，那人也大方地借出一边臂膀，南孙手中拿着一套《射雕》，本来想叫讲者签名，现在恐怕要失望，怎么挤得过人墙呢?

她叹一口气。

这时她听到身后有人说："交给我。"

南孙转过头去，才发觉那人是张良栋教授，她立时涨红了面孔，但把握机会，把书交给他。

他笑笑说："半小时后，在这里原位等你。"

他向讲台走去，学生认得是张教授，纷纷让路。

南孙想：那个时候可以，为什么现在不可以?

他已经那么明显地表露过好感。

半小时后演讲结束，人群散去，南孙才等了一会儿，就看到张教授出来。她接过书，忙不迭翻到扉页，看到她所崇拜的作家清癯的书法，还具有上款。

南孙欢呼，抬起头。

她接触到张良栋含蓄但相当热烈的目光，不禁一呆，匆匆道谢，转身离去。

只听得锁锁笑说："想通了？"

南孙点点头。

锁锁说："我不大喜欢章安仁，我觉得你要在他手里吃亏。"

南孙诧异："你怕我应付不来？"

"不是小觑你，"锁锁说，"你与我不同，我……已经习惯了。"

这话说得隐约，又有点心酸，南孙听了便不响。

"把章安仁让出去算了，省多少事，他这个人，又于你学业跟生活一点影响都没有。"锁锁语气意兴阑珊。

南孙不是不想息事宁人，只是已经来不及了，欧阳小姐接二连三打击她的功课，罗布臣皱着眉头接见她，第一句便是："你本来是个好学生——"南孙气得发起抖来，直接走到三楼张教授的房间去。

不，她同秘书小姐说，她没有预约，但他相信张教授会见她。

估计得没有错，张良栋亲自迎出来，南孙微笑。

他们坐下，张教授问："你找我，有什么事？"

南孙轻描淡写地说："呵，我来看看你。"

张良栋一呆，一边耳朵忽然微微发麻，那感觉却无比舒畅。

他是个苦学出身的学者，今年已有五十二岁，妻子与他同年，看上去也就像老太太，他已有多年没有听过秀丽的少女说出如此温情含蓄别有用意的话，虽是正人君子，因怜惜自身而有点辛酸，故此竟轻佻起来。

他俏皮地说："那应当早些。"

"现在正是吃茶时分。"南孙抬起清晰的大眼睛。

张教授忙命女秘书送茶进来。

他们开头是谈文学，渐渐聊到功课，南孙自书包中取出不公平给分的卷子，送到他面前，说到激动处，眼眶有点红。

张良栋心中明白，这些是非实在稀松平常，不过是两个年少气盛的女孩子，互相要对方好看的故事，但不知怎的，他却允许南孙讲下去。

因为她漂亮，是，因为她可爱，也是，他根本不可能在她身上得到什么便宜，他也没打算这样做。为她，把系里讲师调走，也太小题大做，并且惹人议论，照规矩，他应当公事公办，把责任客客气气推给手下，拍拍手把学生送出去。

　　但是他没有。

　　张良栋看着南孙的小面孔，思想飞得老远老远，那年他十六岁，家里要把他送到上海去寄宿读书，他同小女朋友道别时，她就是这个表情这个声音。

　　战争爆发，他以后都没有再见过她，他没想到数十年后会在华南一间大学里与她相遇，她们长得一个印子似的。

　　南孙终于通通说完了。

　　张良栋轻轻问："你是个会保守秘密的人吗？"

　　南孙知道有眉目了，她点点头。

　　张良栋微笑："你可以回去了。"

　　南孙来的时候一鼓作气，完全没想到后果结局，此刻反而怔住，慢慢开始感动，她根本无权贸贸然走进来要张良栋替她出气，使他为难，他要是做不到，显得一点能耐没有，真为她去做，又担干系。

　　张良栋心里想的又是另一样，这个漂亮的女学生前来申诉她心中委屈，是信任他，轻而易举的一件事，博得美丽少女一笑，确实值得。

　　这是他表露权力的一个好机会，何必做一个圣人，并且，一间小大学的文科教授，有多少这样的机会呢，教学生涯，寂寞透顶。

"南孙，你要找我聊天，随时欢迎。"

"谢谢你。"

"不送。"

南孙离开他的书房，趾高气扬地回家去。

公交车转弯抹角地向山下驾驶去，节奏使用尽了精力的南孙瞌睡，蒙蒙眬眬之间，她听到一个极细极细的声音钻进耳朵，说："你这样，同朱骚骚有什么分别呢？"

如五雷轰顶，南孙惊醒，背脊一身冷汗，这是她良知的声音，来向她报梦。

南孙随即同良知说："有几个女子，可以说她一生中未曾用一个笑一个眼色来换过她所要的东西？"

良知没有回答。

南孙又说："是，我与锁锁是没有分别，或有，那是我会比她更加厉害。"

她交叠起双手，抱在胸前，勇敢地冷笑。

笑完之后，有点失落，有点疲倦，原来一切事情，都是这样开始的，南孙觉得并没有什么不好，并不是太难。

她再次闭上眼睛，直至公交车驶抵家门。

上车的时候，她是蒋南孙，下车的时候，她也是蒋南孙，但是有什么已经碎掉，她心中知道。

三个星期后，南孙与欧阳小姐之间的战争结束。

欧阳的合同届满，系主任不推荐续约，亲笔撰写一个简短的报告递上去，欧阳变相被革除职位。

她不过廿[1]七八年纪，从未防过万一，平地一声雷，震得整个人呆掉，忙托罗布臣等人去探听兼夹设法挽回，却是木已成舟，一点办法也没有，只得大哭一场，卷铺盖，离开宿舍，结束一学期的风光，并不知死在谁的手上。

南孙大将风度在这个时候现出来，讲得出做得到，嘴巴密封，只字不漏，连章安仁都蒙在鼓里。

既然打胜了仗，目的达到，就无谓再去践踏失败者。

有人搞了一个欢送会。

南孙发觉所有人都在，张良栋居然笑吟吟地与欧阳话别，欧阳不敢不强颜欢笑敷衍他。

残忍、冷酷、虚伪，身为凶手，南孙浑身颤抖，杀人

---

[1] 廿：二十。

自卫，或可原谅，强逼身上中刀的牺牲者娱乐大众这一层，可否赦免？实在有碍观瞻。

南孙永远永远记得欧阳小姐的笑脸，因为她比哭还难看。

这件事情之后，南孙那份少女的天真荡然无存。

流金岁月

肆·

侍者开出克鲁格香槟，
锁锁同南孙碰杯：
「友谊万岁！」
两人干杯。

夏季。

锁锁邀南孙出海。

公众码头上停着只长约一百米的白色游艇，锁锁伸手招南孙："这边，这边。"

朱锁锁穿件浑身是碎缝的衣裳，像是被暴徒用刀片划破，南孙才要取笑几句，一眼看到船身漆着"骚骚"两字，大乐。

这是她的创作，今日获公开发表，即使只是两个字，也不禁欢呼一声。

水手接她上船。

南孙看到李先生坐在舱里，白衣白裤，戴副墨镜，手中拿着杯桃红色饮料，正朝她们微笑。

锁锁瞄他一眼:"要是周末,人家是没有空的,那是家庭日。"

南孙觉得有点肉麻,但李先生却听得舒服透顶,他呵呵呵似圣诞老人般笑起来。

蛮贴切的,他作风也似圣诞老人。

这么大一艘船,以私人命名,也不怕人非议,由此也可见骚骚受宠到什么地步。

"他本来把船叫恒昌号,难听死了,关我什么事,才不要它。"

适才那一招叫假吃醋,现在这招叫真发嗲。

李先生站起来,吩咐水手开船,轻轻搭住锁锁的腰,问她:"不怕蒋小姐笑你?"

锁锁笑说:"南孙帮我还来不及呢。"

李先生问:"蒋小姐今年要毕业了吧?"

"明年。"

锁锁却来打岔:"又怎么样呢,又不是想替人家找个优差。"

在锁锁的世界里,每个人都没头没脑,无名无姓,个个是"人家",偏偏这些人家都与她有亲密关系,十分刺激。

"功课很繁重吧？"

锁锁又说："不相信人家有高贵的朋友还是怎的，忙不迭打听，一会儿，说不定还要南孙背书。"

南孙忍不住笑出来。

李先生言若有憾："你看看她。"

锁锁懒洋洋脱下那件破衣裳，露出一身泳装，那样的皮肤，那样的身段，不要说在东方首屈一指，简直世界性水准。

李某十分满意，幸亏目光如欣赏一件艺术品，不致沦为猥琐。

"你们女孩子慢慢谈。"他回到舱下。

待他走了，锁锁才说："他去午睡，我们自己玩。"

南孙不敢好奇，乖乖躺甲板上晒太阳。

"你同章安仁进展如何？"

"就是他了吧。"

锁锁看她一眼："不需要再看看？"

南孙只是笑。

锁锁叹口气："老太太好吗？"

"托赖，不错。"

"听说令尊大人在买卖楼宇上颇有斩获。"

"哎，他都快成为专业经纪了，一转手便赚他十元八块，要买李氏名下的公寓，都来找他。"

锁锁说："叫他小心点。"

"不用吧，人总要找地方住，比抓别的货安全得多，本市旺地有限。"

锁锁向船舱努一努嘴："我听他说，气球胀到一个地步，总会爆开来。"

"啊，那我跟父亲说一说。"

锁锁低头："你我要过廿一岁生日了。"

"真没想到我们也会到廿一岁，时间过得太快，很不甘心。"

"他们说过了三十，情况一发不可收拾，像骨牌一张张接着倒下，年年贬值，"锁锁黯然，"我们的好时光，不过这么多。"

"啐啐啐，廿一岁就怕老，怕到几时去？"

"你不同，你有本事，学问不会老，而我，"她伸出大腿，拧一拧，"皮肉一松，就完蛋。"

南孙白她一眼："财产呢，财产也会老吗？"

锁锁笑了，取过草帽，遮住眼睛。

"李先生对你那么好，你为什么不跟他做生意，或是学一门本事，将来就更有保障。"

"小姐，你都不知道做一件事要花多少时间心血，我已经懒惯，早上七点钟实在爬不起来。"

"我不相信，你功课一直比我好。"

锁锁笑："那是多年前的事，挣扎到中学毕业，亏你们一家。"

"你看你，说起这种话来了。"

这时候李先生走到甲板来："骚骚，公司有急事找我，我乘快艇到游艇会上岸，你们好好玩。"

南孙极识趣："我们也晒够了，改天再出来，不如一起回去。"

锁锁说："他常常是这样，别理他。"

李先生笑："不理我，嗯？"伸手拧拧锁锁面颊。

他落快艇坐好，一支箭似的去了。

这时海湾已经聚集了若干游艇，有人把音响设备开得震天价响，红男绿女在甲板上扭舞。

南孙眯起眼睛用手遮住太阳看过去。

"这一看他就要更得意了。"锁锁说。

南孙好奇："谁?"

"你也认识。"

"才怪,我的朋友都住岸上,脚踏实地。"

"谢宏祖。"

南孙搜索枯肠,才想起有这么一个人,连忙吐吐舌头:"他还在追你?"

锁锁但笑不语。

乖乖不得了,去了老的,又来小的,南孙倒是想看她老友如何应付。

只见那边船有一个晒得金棕的青年自船舷跃下,奋力游过来。

"别睬他,正牌人来疯。"

南孙看着他乘风破浪而来:"他不认识李先生?"

锁锁没有回答。

"他不怕?"

这时谢宏祖已经抓着骚骚号的浮梯,一跃而上。

锁锁坐在藤沙发上,视若无睹。

谢小生向南孙点点头，露出雪白整齐的牙齿。

南孙有点紧张，这样的场面不是每天可以遇见，喜读爱情小说的她立志要看好戏。

只听得锁锁问："你不怕？"

小生反问："我怕谁？"

锁锁懒洋洋："你老子。"

"他？"谢宏祖有点僵。

"可不就是他，他一生气，你的林宝基尼[1]、你的董事衔头、你的白金信用卡，通通泡汤，我是你，怕得发抖，怕得下跪。"

谢宏祖脸上一阵青一阵蓝。

过了一会儿，他说："谁叫我爱上了你。"

听到这句话，南孙一呆。

锁锁前仰后合嘻嘻哈哈笑起来，像是听到什么最好笑的大笑话一样。

南孙受了感染，一方面也压根儿不相信谢宏祖这样的人除了自身还肯爱别人，忍不住也微笑。

---

[1] 林宝基尼：兰博基尼。

谢宏祖急了："我们即时可以到美国去结婚。"

噫，南孙想，说到结婚，可真有点可爱了，不禁对他细细打量。

小谢的卖相无懈可击，又会得玩，又有时间玩，但是朱锁锁人未老心已老，当下她缩一缩肩膀，皱一皱鼻子："你不怕，我怕。"

"你怕李老头。"

"宏祖，你认识我在先，你有过你的机会，去吧。"说罢她复用大草帽遮住脸，不再睬他。

南孙也坐下，学着锁锁的样子。

过半晌，她们听见"扑通"一声，是谢宏祖回到海里去。

锁锁长叹一声。

"他有诚意。"南孙说。

"那是不够的，况且，玛琳赵在那里等他呢。"

"是名媛吗，比起你如何？"

"我？我所拥有的一针一线，由我自己赚取，人家一切来自世袭，你说一样不一样。"

"多多少少，要凭自己力气争取。"

"是，但你们或多或少，总有个底，至少晚上睡在父母身边，我要一片一片从碎屑开始收集，个中滋味，不说也罢。"

南孙默然。

太阳下山，船往回驶，锁锁站在船尾，手捧着新鲜椰子汁喝，长发披在肩上，纠缠不清地飞扬，泳衣只遮住十分之一皮肤，浑身轮廓在夕阳下捆着一道金边。南孙连忙取过照相机，替她拍下一卷底片。

照片冲出来，美则美矣，明艳不足，忧郁有余。

南孙把照片放在书桌上。

蒋太太看见说："好久没来我们家了，你父亲几次三番想送个礼，都不知什么才适合，想必任何奇珍异物都有了。难得你每年生日，她还差人送东西来，且都名贵。"

南孙笑："又不大有记性，今年的耳环与前年那副一模一样，都是卡蒂亚[1]蓝宝石。"

"只是她这样下去不是办法，你劝劝她，叫她学一门技术。"

---

[1] 卡蒂亚：卡地亚。

"廿一岁才学唱歌跳舞已经晚了。"

母女谈得正开心，门铃一响，进来的是章安仁，脸带怒意，非比寻常。

"南孙，我有话同你说。"

蒋太太只得迁就未来快婿，避了出去。

南孙说："什么事？面如玄坛。"

章安仁劈头问："你有没有听说这个谣言？"

南孙心头一凉，强作镇定："什么事？"

"他们说张某为你开除欧阳。"

南孙怔怔坐下。

"我不相信，同他们大吵一顿，"章安仁怒不可抑，"这种人太不负责任，随便指一个女同学，说她同教授有暧昧关系，难道我们还找张良栋去澄清不成！"

南孙不动声色："前年是医科周玲玲，去年是化工钱马利，今年轮到英文蒋南孙。"

章安仁一想，面色稍霁。

南孙嘘出一口气："幸亏有男朋友，否则没有人证。"

章安仁一想："这倒是，我知道你晚晚在家。"

"在家，不见得，"南孙哈哈笑起来，"反正你知道我在哪里就行了。"

章安仁的烦恼来得快去得也快，拉起南孙："我订了场地，打球去。"

南孙于翌年毕业，成绩平平。

朱锁锁为她开一个舞会。

"为你，也为我。"锁锁随即又加一句，"我俩同年出生，不过你廿二岁，我二十岁。"说完十分欣赏自己的幽默感，做个鬼脸。

当夜她穿一条鲜红丝绒低胸晚装裙子，那件衣裳不知给什么撑着，没有带子，壳子似的颤巍巍地站着，观者心惊肉跳，她胖了一点，胸位更像骑楼般凸出，一到腰身却骤然削拢，十分纤细，裙身绷紧，只到膝头，黑色钉水钻丝袜闪闪生光，配一双九公分高跟红鞋。

章安仁的目光不想离开朱锁锁。

南孙叹口气，传说中的蜘蛛精，男性哪里敌得过这样的万有引力。

侍者开出克鲁格香槟，锁锁同南孙碰杯："友谊万岁！"

两人干杯。

锁锁对章安仁说："好好陪南孙玩一个晚上，交给你了。"

小章看着她走开，同南孙说："我不喜欢她那个型，但必须承认，这是女人中之女人。"

南孙点点头。

锁锁雪白丰硕的肌肤令人心跳。

"念书时她已是这个样子？"

南孙没有回答，她记得锁锁那时比较黄瘦，但早是个美少女。

她的李先生到十点半才来，锁锁正在跳舞。

南孙迎上去代为招呼，他同她客套数句，然后和其他人一样，站在一旁欣赏。

见过锁锁舞姿，才知道什么叫活色生香，女人目光是惊异羡慕的，也许还略带妒意，男性却被她的热烈带动得疯狂起来。

南孙说："我去叫她。"

"且慢。"

南孙看着他。

"蒋小姐，我想同你说几句话。"

南孙打一个突，跟着他离开热闹的舞池，到阁楼小酒吧坐下。

　　李先生叫一杯矿泉水给南孙，他自己喝白兰地。

　　他问："锁锁只得你一个亲人？"

　　南孙点点头。

　　李先生叹口气，隔一会儿他说："锁锁要结婚。"

　　南孙一怔："同你？"

　　"同我是没有可能的事。"李先生说得很简单。

　　"那同谁？"

　　"我不知道。"

　　南孙忍不住喝尽杯里的水。

　　这是老手段了，要不结婚要不分手。即使在李先生这样精明能干、老奸巨猾的人身上，一点作用也没有。

　　锁锁打什么主意。

　　"她是一个可爱的女孩，请你告诉她，我不会亏待她，但结婚是另外一回事，我的长孙都快进大学了，我得替家人留个面子，要不维持现状，要不即时分手，逼不得已，我只好放弃她。"

　　南孙默默地看着空杯。

　　"拜托你，蒋小姐。"

"我会同她说。"

原以为他把话讲完，就会下去找锁锁，但他仍坐着。

南孙听见他说："蒋小姐，有几个臭钱的糟老头子，居然爱上小女孩，你一定觉得好笑吧？"声音略带辛酸。

南孙有话照说，答道："我从来没有这样想过。"

李仿佛有点意外，抬起眼睛。

"我只知道你把她照顾得非常好，爱屋及乌，连带她的朋友你也看顾，她很幸运。"

老李略感宽慰，长长叹一口气："你与锁锁都极之懂事。"

南孙说："年龄不是问题，据我们所知，李夫人在美国卧病已近十载，你为什么不同锁锁结婚？"

"没有这么简单。"

"但不是不可能的事。"

"你年纪小，不懂得场面上有许多技术性问题无法解决。"

"那是因为李夫人娘家在恒昌地产有控股权吧？"

李诧异，觉得他小觑了这位小姑娘。

"放弃一切，李先生，你已富甲一方，不如退休与锁锁到世外桃源结婚。"

他失笑："真是孩子话，李某退休之后，同一般老年人有什么不同？朱锁锁三个月就会踢开他。"

与其冒这样的险，他不如做回他自己，美丽的女孩子，总还可以找到。他不是不愿意牺牲，只是上了年纪的男人，扔开尊严身份，一文不值。

南孙黯然，知道他们的缘分已尽。

"我只怕锁锁会落在坏人手里。"

南孙说："我也担心。"

"你替我看着她一点，"李先生苦涩地说，"莫说我喜欢她，就算不，也万万不能看着我的人沦落。"

"是。"

他站起来："我走了。"

南孙在他后面送。

走到门口，他转过头来："对了，两国在明年年中要谈判，令尊手上的东西最好先放掉看看风头。"

南孙低低地说："谢谢你。"

"再见。"

他没有回头，那样的男人是不会回头的。

南孙回到舞池，音乐转慢，她看到朱锁锁同一个高大的年轻人在跳贴面舞，两个身躯之间看不到空隙。

那人，是谢宏祖。

一切话都是多余的，说了也是白说。

锁锁早已心中有数，她应当知道她在做什么。

舞会到清晨散。

锁锁跟南孙回蒋宅，两人都支开男伴。

老人家正憩睡，晨曦中她们在老式宽敞的厨房喝咖啡。

锁锁脸上脂粉脱掉大半，到底还年轻，看上去反而清秀。

她解掉晚装，踢去高跟鞋，披着南孙的浴袍。

"不问为什么？"

南孙反问："有什么好问？"

锁锁笑："仍然爱我？"

"永远爱你。"

锁锁站起来，与南孙拥抱在一起。

过半晌她说："我要结婚了。"

"我知道。"

"同谢宏祖。"

"谈好条件没有?"

"见过他老头子,答应拨一间卫星公司出来给他打理。"

南孙意外,条件这么理想?

锁锁轻轻说:"他同家里大吵出走,躲在纽约,找到他时,醉酒潦倒,要他回来,唯一条件是同朱锁锁在一起。"

南孙明白了。

"会长久吗?"

"世上没有永远的事,一顿饱餐也不过只能维持三两个小时,生命不过数十年的事。"

"你的口气似四十岁中年妇人。"

"或许还不只那么大,我的一年,抵得过人家三年。"

"祝福你。"

"南孙,谢谢。"

她走了。

衣物留在蒋家,反正也不会再穿。南孙小心翼翼地把那件华服用软纸包起来,连同鞋子放在衣柜下格。

她微笑,廿年后,才还给锁锁,她见了,当有一番唏嘘。

过几日,蒋先生看着早报,忽然跳起来:"哎哟,朱锁锁结婚了。"

蒋太太连忙问："哪里，给我看看。"

"不是同李先生。"

"谁，是谁？"蒋太太追究。

南孙微笑。

"船业巨子的公子谢宏祖。"

"怎么不请咱们？"

"人家在美国结的婚。"

蒋太太"啊"一声："回来一样要设宴的，是不是，南孙？"

"我不清楚。"

蒋先生大大好奇："南孙，你可见过这个谢宏祖？"

"见过。"

"奇怪，李先生怎么说？"

南孙突然想起来："对了，他说要放。"

蒋先生一呆："放，放掉朱小姐？"

"不不不，放掉房子。"

"价钱日日升，不是放的时候吧？"蒋先生犹疑。

蒋太太问："当真是李某亲口说放？"

南孙点点头。

"噫，莫非有什么事？"

"他们有钱人多疑，走着瞧也是了，年底赚一票才放，不然还不够付贷款利息。"

蒋太太咕叽："最狠是银行，合法放印子钿，侬讲厉害勿厉害。"

南孙取过报纸，看到锁锁结婚照片，背景是一所洋房的后花园，他们举行露天茶会，新娘子婚纱被风拂起，正伸手去按住，姿态如画中人，美若天仙。

蒋太太担心："那公子哥儿，会有真心？"

但普通人的忧虑是多余的，锁锁一直知道她在做什么，除非中途出了纰漏，不过要她真心爱一个人，似乎不大有可能，南孙十分放心。

蒋先生说："有机会问问朱小姐，谢家哪只股票可值得买？"

一本正经地希望得到内幕消息。

南孙不置可否，只是笑。

她开始到一间外国人开的公关及宣传公司任职，主任是个金发金须五十多岁的外国老头。

也许不应尽怪老外，也许女同胞应检讨一下态度，是什么使白种老汉以为黄种女身上随时随地有便宜可捡。

一身汗臊臭，毛衣上都是蛀虫洞，有事没事，把胖肚子靠近年纪轻的异性下属，大声说："Nay ho ma[1]？"

专注工作的南孙好几次被他吓得跳起来，他便得意地嘻嘻笑。

她听见男同事叫他猪猡。

大学可没有教女学生如何应付这种人，不过有几位小姐还当享受，嘻嘻哈哈同老头闹个不亦乐乎。

南孙怀疑自己是太过迂腐了。

三个月下来，南孙便发觉荒山野岭凄惨不堪的吃重功夫全派给她，爱笑的女同事全体在城内参加酒会看时装表演。

她也乐得清净，有公司车乘公司车，不然用公共交通工具。三个月下来，皮肤晒黑，脚底生茧。

爱走捷径的蒋先生埋怨："去跟朱小姐说一声，不就解决一切。"

---

[1] Nay ho ma：你好吗。

南孙看着镜中又黑又瘦的形象，信念开始动摇。

一方面章安仁进了亲戚开的建筑公司做事，天天朝九晚五，做得心浮气躁，日日喝西洋参泡茶，还长了一脸包。

南孙不好也不敢向他诉苦，况且他也有一肚子苦水无法下咽。

祖母唠叨："这年头，女孩子在家要养到三十岁。"语气中充满惊骇怨怼。

南孙母女俩低了头。

南孙很受打击，原以为学堂出来便取到世界之匙，谁知门儿都没有。

蒋太太劝道："老太太一直是那个样子，你不必多心。"

"现在我是大人了，她多少得给我留点面子，比不得以前年纪小，幽默感丰富。"

蒋太太想一想："你可要搬出去住？"

"你肯？"

"现在流行，几个牌搭子的女儿都在外头置了小型公寓。"

"我不舍得家里。"

蒋太太笑："到底好吃好住，是不是？"

"在外头凡事得亲力亲为，再说，现在下了班连看电视的力气都没有。"

"祖母年近古稀，迁就她也不为过。"

"妈，你那忍功，真一等一。"

"退一步想，我的命也不差了，嫁了能干的丈夫，不一定见得到他，你看朱小姐以前的朋友李先生，就明白了。不嫁人，像你阿姨，状若潇洒，心实苦涩，日子也难过，人生没有十全十美。"

"阿姨好几年没回来。"

"你要不要去看她？"

"她现在在哪里？"

"伦敦，"蒋太太说，"去散散心也好，回来换个工作。"她愿意替女儿付旅费。

南孙原想同小章一起去，他正在拼劲，哪里肯走，南孙只得辞去工作，单身上路。

主任巴不得她出此一招，喜气洋洋收下辞职信，老板反而客气地挽留几句。

比较谈得来的同事说："南孙，你不应这么快放弃，金毛猪的合同快满了，同他斗一斗也好。"

南孙笑，同他，在这个小地方？别开玩笑了，省点力气，正经做事。

另一位叹口气说："南孙这一走，倒提醒我也该留意一下，此处真正庙小妖风大，水浅王八多。"

南孙一听，只觉传神，大笑起来。

她收拾一下就独自飞到欧洲去。

这次看到阿姨，觉得她老了。

眼角与嘴边多皱纹，脖子也松垮垮，幸亏神清气朗，无比潇洒，穿猄皮衣裤，一见南孙，便同她拥抱。

"行李呢？"

"啥子行李，就这个包包。"

"噫，你倒像我。"

"求之不得。"

姨甥两人之投机，出乎意料。

阿姨住在近郊，离城三十分钟车，她有一部极旧但状况仍佳的劳斯魅影，不用司机，自己开，十分别致趣怪。

南孙住得不想回家。

微雨的春天，她们领小狸犬到附近公园散步。

小狗叫奇勒坚[1]，超人在地球上用的名字。

它一走脱，南孙叫它，引人注目。

途人牵着条大丹狗，体积比奇勒坚大二十倍，南孙注意到它的主人是个英俊的年轻人。

他站着不走，白衣蓝布裤球鞋，小径左右两边恰是樱花树，刚下过雨，粉红色花瓣迎风纷纷飘下，落在他头上肩上脚下。

南孙肯定他在等她同他打招呼。

她也心念一动，但想到家中的章安仁，按捺下来。

此情此景此人，却使她永志不忘。

他等了一刻，与大丹狗走了。

阿姨在长凳坐下，说："可以与他打一个招呼。"

南孙低头讪笑。

"原来骨子里畏羞？"

"他太美了，令我自卑。"

阿姨便不再说什么。

回程中，南孙忽然闻到面包香，一阵茫然，身不由己

---

[1]　奇勒坚：克拉克·肯特（Clark Kent），超人在地球上用的名字。

地追随香味而去，跟着忆起前尘往事，想到少女时代已逝去不返，不禁站在面包店外发呆。

阿姨买了两个刚出炉的面包，笑说："南孙，你仿佛满怀心事。"

"真想留下来。"

"也好，我也想找个伴。"

"阿姨，照说你这样的条件，若非太过挑剔，在外国找个人，实在不难。"

阿姨只是笑。

晚上，她同南孙说："略受挫折，不必气馁，继续斗争。"

南孙忍不住说："阿姨，你记得我朋友朱锁锁吗？"

阿姨点点头。

"一直我都以为只要肯，每个女孩子都做得到。我错了，每一行都有状元，可惜到如今我还不知道自己属于哪一行。"

阿姨亦不语。

南孙没想到这一住竟几个星期。

小章打过电话来，简单的问候，叫她玩开心点。

告别的时候，阿姨告诉南孙，随时欢迎她。

南孙本来一到埠便要找锁锁，被好友捷足先登。

"你到哪儿去了，我到处找你，小谢公司等着用人，乱成一片，全靠你了。"

存心帮人，原不待人开口。

锁锁怕南孙多心，薪水出得并不比别家高，只是附带一个优厚条件，免费供应宿舍，设备俱全。

南孙这时候乐得搬出去。

向祖母道别，老人家正午睡，背着南孙，嗯了一声，算数。

货真价实，她是蒋家生命之源，南孙体内遗传了她不少因子细胞，但在这一刻，南孙只想躲得远远的。

掘一个洞，藏起来，勤力修炼，秘密练兵，待有朝一日，破土而出，非得像十七年蝉那样，混着桂花香，大鸣大放，路人皆知。

南孙怀着这样愤怒的心情离开。

锁锁亲自来接她，坐一辆黑色林肯，司机及女佣帮南孙接过简单行李。

她们两人坐在后座。

一道玻璃把前后座隔开，下人听不到她们谈话，锁锁严肃地说："这份工作,是真的要做的。"

南孙咬咬牙："我知道。"

锁锁满意地点头："你势必要为我争口气,做到收支平衡。"

她仿佛有点倦,笑着伸个懒腰。

南孙注意到："你——"

锁锁点点头："三个月了。"

南孙一时没想到,只是怔怔的,没做出适当反应。

"你快做阿姨了。"

南孙把手伸过去,放在锁锁的小腹上,没想到有这一天,有一刹那的激动。

情绪要过十来分钟才平复下来。

她问:"谢家会很高兴吧?"

"才不,谢家明私生的子孙不知有多少,才不在乎这一名。"

南孙说:"那只有好,那就生个女儿,陪伴阿姨。"

"你也快结婚了,到时会有自己的孩子。"

南孙一怔。

锁锁像是很知道她的事情,忙安慰:"小章的事业稍微

安顿下来，你们就可以成家，干他那行，极有出息，你大
可放心。"

"你觉得吗，我们在一起，好像已有一世纪。"

锁锁笑："有了。"

这一段日子，南孙与锁锁又恢复学生时期的亲近。

她陪她看医生，看着仪器屏幕上婴儿第一张照片，腹
中胚胎小小圆圆的脑袋蠕动使南孙紧张不堪，锁锁老取笑
她夸张。

她把锁锁扶进扶出，劝她把香烟戒掉，监视她多吃蔬
果，这孩子，仿佛两人共有，锁锁不适，南孙坐立不安。

南孙也曾纳罕，谢宏祖呢，为何他从不出现，为何锁
锁独担大旗？随后就觉得无所谓：第一，锁锁情绪并无不
妥；第二，她们两人把整件事控制得很好。

南孙主持间小小百货代理行，根本不包括在谢氏船舶
企业九间附属公司及三间联营公司之内。

南孙并没有幻想过什么，她明白所谓拨一间公司给谢
宏祖打理其实是个幌子，不过，假如把代理行做好，生活
费是不愁的。

接着几个月，南孙完全忘记她念的是英国文学。

她与公司的三个职员夜以继日做着极其琐碎繁重的功夫，往往自上午九时开始，晚上九时止。

连锁锁都说："南孙，卖力够了，不要卖命。"

公司里连会计都没有，交给外头可靠的熟人做。南孙事事亲力亲为，唯一的享受是回家浸热水泡泡浴，以及把一头长发洗得漆黑锃亮。

可喜的是同事间相处不错，只有工作压力，没有人事纠纷。

谢氏名下有九艘油轮，廿二艘改装货轮，总载重量二百五十万吨，船上日常用品，皆交由南孙代办，伊立定心思不收回佣，即使是一个仙[1]。

南孙没有告诉小章，她的老板是朱锁锁。

章安仁老觉得南孙和这一类型的女子走得太近不是明智之举，近朱者赤，近墨者黑。

这一阵子，他们见面次数越来越少，聚脚点通常是南孙寓所，幸亏有这样一个地方，否则小章更提不起劲，一上来他通常喝啤酒，看电视新闻，也没有多大胃口吃饭，

---

[1] 仙：巴仙，东南亚一带的华人用语，普通话称为百分之或者%，由英语的 percent 音译而来。

就在沙发上盹着。

他完全变了另外一个人。

南孙觉得他们仿佛是对结了婚十二年的老夫老妻。

一天傍晚，章安仁灰头灰脸到来，不知受了什么人的气，也不说话，只是灌啤酒。

南孙不去理睬他，只顾看卫星传真新闻片段。

跟全市市民一样，她看到那位著名的夫人，在步出会堂时在阶梯摔下，跌了一跤。

南孙的反应可能比一般人略为惊愕，她向前欠一欠身。

章安仁也看到了，电视重播慢镜头，他问："怎么一回事？"

南孙笑说："不该穿高跟鞋，这半年来，我发觉只有球鞋最安全舒适。"

章安仁问："我们俩怎么了，最近像没话可说。"

"苦苦创业，说什么呢？"

"好久没细细看你。"他拉住女朋友的手。

"皱纹都爬出来，不看也罢。"

"工作是你自己挑的，怨不得。"

南孙笑，用遥控器关了电视机。

流金岁月

伍·

锁锁希望她们还有很多这样的日子，

三十岁、四十岁、五十岁，

年龄不重要，至要紧她俩心意不变。

三个星期之后，蒋家出了大问题。

　　蒋先生手上抓着的房子无法脱手，牵一发动全身，南孙这才发觉他白玩了几年，赚下来的全部继续投资，手上空空如也，像玩魔术一样，连本带利坑下去不止，还欠银行一大注，每个月背利息便是绝症。

　　南孙受召回家，看见她父亲如没头苍蝇似的满屋乱钻，脸上浮着一层油，气急败坏。

　　母亲躲在房间里，倒还镇静，默默吸烟。

　　"祖母呢？"

　　"礼拜堂去了。"

　　"这里头有没有她的钱？"

　　"西湾镇一列四层都是她的。"

"要命，快快脱手也不行？"

"谁要？"

"割价出售呀。"

"小姐，还用你教，已经跌了三成，半价脱手还欠银行钱。"蒋太太声音却很平静，"银行在逼仓。"

"怎么会搞成这样子，"南孙瞠目结舌，"照说做生意至多蚀光算数。"

"投机生意与众不同。"

南孙用手托住头，房间死寂，她可以听到母亲手中纸烟燃烧的声音。

过很久她问："怎么办？"

"不知道。"

"妈，外头乱成一片你晓不晓得？"

"怎么不知道，牌局都散了，茶也不喝了，说来说去就只得一个话题，就是最好立刻走。"

这时候蒋先生推门进来："南孙，现在我们只有一个法子。"

南孙看着父亲灰败的面孔。

"你说。"

"去问问谢宏祖能不能帮我们。"

"可以，"南孙说，"但首先让我知道，实际情形到底如何，我们欠下多少。"

蒋氏父女坐在书房里把簿子文件全部捧出，看了一个下午。傍晚，老太太跌跌撞撞回来，南孙替她开的门。

一个照面，见到是孙女，她疲倦地说："若是男孩，当可设法。"

南孙很平静地答："这倒真是，他可以去抢劫银行，我不行，他可以点铁成金，我也不行，我们蒋家就是少了一个这样的救世主。"

老太太呆住，瞪着孙女，但没有骂她，反而有点像在回味她说过的话。

终于，老太太颤巍巍回房去，锁上门，没有出来吃饭。

等到清晨四点多，南孙才有点头绪。

蒋先生颓然倒在沙发中累极而睡。

南孙到卫生间用冷水敷一敷脸，走到露台去站着。

天还没有亮，清晨的新鲜空气使她想起大学一年与章安仁通宵跳舞分手时情景，就是这个味道，四周像是开满鲜花布满露水，不能做梦，深呼吸两下都是好的。

　　她实在不愿意去试炼章安仁对她的感情，况且，这是没有可能的事。

　　他本人没有财产，一切在父母手中。她又不是他们家媳妇，在情在理，章家不可能帮蒋家。

　　最重要的一节是，章家有没有能力与余闲，还成疑问。

　　这个早上，与秋季别的早上一样，天朗气清，但南孙却感觉不到，彷徨化为阴风，自衣领钻下，使她遍体生寒。南孙打个冷战，感觉到前所未有地寂寞。

　　没有人可以帮她，又没有人能够救她，然而她必须设法收拾这个残局。

　　但南孙希望得到精神上一点点支持，她自然而然地到母亲房间去。

　　蒋太太并没有睡。

　　她抬起眼："怎么样？"

　　"一塌糊涂。"

　　"以前他怎么在搞？"

　　"五只锅三个盖，来不及了便让一只锅出去，市道好是行得通的。"

　　蒋太太苦笑："我到今日才明白。"

南孙记起来,那时祖母曾经诉苦,她的儿子光会逛街,媳妇只会搓麻将。

倘若一直如此倒也好了,南孙叹口气。

"我去上班。"

蒋太太无话可说:"你身体要紧。"

偏偏锁锁一早到办公室来找她,兴致勃勃告诉她,是月生意竟有盈余。

南孙惨笑着陪她说话。

锁锁是何等样人物,岂会分不出真笑假笑,即时问:"同章安仁有龃龉?"

"不是他。"

锁锁卡通化地把两条眉毛上上下下移动:"还有第三者。"

南孙见她如此活泼,不禁真笑出来。

"说来听听。"

"当心胎教。"

"你这阵子乌云盖顶,到底是什么事?"

"撕破你这张乌鸦嘴,公司已经赚了钱,还要怎的。"

锁锁笑嘻嘻:"三万零七百多元,真不简单。"

"谢少奶奶,我们要开工了,你去做头发吧。"

锁锁凝视她："你还瞒着我？"

南孙打一个突，看住她。

"有事何必死守，一人计短，二人计长。"

"同钱有关的事，连章安仁我都没说，你是怎么知道的？"

锁锁微笑。

南孙明白了："是我父亲，还是母亲？"

"都不是。"

"谁？"

"老太太。"

"我祖母！"南孙张大嘴。

"人是老的精，昨天我们见过面，她一五一十都告诉了我。"

南孙万万想不到，跌坐在椅子上。

"我已与她达成协议，余款，我负责，头注，她蚀掉算数，将来价格上扬，有赚的话，希望可以分回给她。"

南孙目瞪口呆，没有想到锁锁肯为蒋家做这样的事，过了很久，她清清喉咙，说："你不是一个很精明的生意人。"

锁锁微笑："糊涂点有福气。"

南孙眼眶都红了，低着头不出声。

"你看着好了，价格会上去的，至少把利息赚回来，三两年后，局势一定会安定下来。"

南孙用手指印去眼角泪痕。

"只可惜你父亲那里要伤伤脑筋，"锁锁歉意地说，"美元暴起，我劝老太太趁好价放手，不知她肯不肯。"

南孙说："那是她的棺材本。"

"南孙，我知道你脾气，但或许你可以找章安仁谈谈。"

"这一提，"南孙黯然，"我在他们家再难抬头。"

朱锁锁"哧"一声笑出来："书读得多了，人就迂腐。你看得起你自己就好，管谁看不起你。肯帮固然好，不帮拉倒。"

这一番话说得黑是黑，白是白，刮辣松脆，绝非普通女子可以讲得出来。

锁锁随即替南孙留个面子："当然，我是江湖客，身份不同，为着方便行事，细节条款一切罢免。"

南孙觉得这次真得硬着头皮上。

"说些开心的事，南孙，你来听听，胎儿开始踢动。"

南孙轻轻把耳朵贴着锁锁腹部，猛不防一下颇为强烈的震动，吓得她跳起来。

锁锁大笑。

南孙略觉松弛。

到了中午，事情急转直下。

南孙正在啃三明治，章安仁忽然推门进来，本来伏在桌上休息的女同事只得避出去。

南孙还来不及开口，小章已在她面前坐下，劈头便说："你父亲问我们借钱，你可知道？"

南孙呆了，他声音中充满蔑视、鄙夷，以及愤怒。她认为他至少应该表示同情关心，了解一下事实。

"他怎么可以上门来借？我们根本同他不熟，南孙，你应当说说他，他这样做，会连累到你，还有，影响到我，我父母为这件事很不愉快，你父亲太胆大妄为了。"

听到这样的话，南孙只觉浑身发麻，隔了很久，胸口才有一点暖和，她听见自己声音平静地问："那你们借还是不借？"

章安仁飞快地答："家父即时告诉他爱莫能助。"像是对他父亲的英明决定十分满意。

"这么说来，既然一点损失也没有，何必大兴问罪之师？"

小章一呆。

"是他不好，他对朋友估计错误，我父亲是一个略为天真的人，有时想法十分幼稚，请多多包涵。"

小章犹自咬住不放："可是他——"

不知是什么地方来的气力，南孙"嚯"一声站起来，拉开事务所玻璃门："我们要办公了。"

章安仁瞪大眼睛："这是你的态度？我们五年的交情，就因为借贷不遂——"

南孙没有再听下去，她的双耳已经停止操作，只看见章安仁嘴唇动了一会儿，怒气冲冲地走掉。

南孙筋疲力尽坐下来，伏在办公桌上。她愿意哭，但不知怎的，浑身水分像是已被残酷现实榨干，一点儿眼泪也无。

回到家中，朱锁锁先到了。

谁是朋友，谁不是，一目了然，但南孙觉得无人有资格叫朋友两肋插刀，更加心如刀割。

只听得老太太开口说："朱小姐，施比受有福，这次实在多亏你。"

还是由祖母出来主持大局，姜是老的辣。

她说下去："没想到南孙招待你几个月，为我们带来一位大恩人。"

锁锁听不下去："老太太，这只是一项投资，任何生意都要冒风险，我们说别的吧，南孙回来，我同她聊聊，你也要休息了。"

南孙看着母亲扶老太太进房。

蒋先生把握机会发作："南孙，这些年来，你原来没有带眼识人，你知道章家怎么抢白我？"

他滔滔不绝开始倾诉其不愉快的经历，说到激动之处，大力拍着大腿桌子，面皮涨得紫绛，连脖子都红壮起来，额角青筋涌现。

把他一番话浓缩，不外是慨叹不幸生了一个蠢女，白陪人玩了这么久，要紧关头，不见半点好处，他不敢怪旁人，只是这个女儿未免也太令他失望。

南孙待他讲完，喝茶解渴时，才站起来离开现场。

锁锁知道她脾气，也不安慰她。

过了很久，她轻轻自嘲："猪八戒照镜子，两边不是人。"

锁锁却只问："老太太今天吃什么消夜？偷些出来。"

只有她，天掉下来当被子盖，是应该这样。

"现在可上了岸了。"南孙说。

"你想听我的烦恼？别后悔啊。"锁锁笑吟吟。

南孙看着她："朱锁锁，我爱你。"

美元升到一元对九元八角港元的时候，人人抢购，老太太却全部卖掉，用来替儿子赎身。

押出去的房子早已到期，银行限他们一个月内搬出，蒋先生终于崩溃下来，号啕大哭，家里三代女人，只能呆呆地看着他。

南孙收拾杂物，其中有章安仁的球拍、外套、零零碎碎的东西，光明正大地打电话叫他来取回，几次留言，如同石沉大海，分明避而不见。

南孙觉得她父亲说得对，世上不是没有情深如海的男人，她没有本事，一个也逮不到。

一颗心从那个时候开始灰。

也有点明白，为何阿姨情愿一个人与一条狗同住。

南孙双目中再也没有锐气，嘴角老挂着一个恍惚的微笑，这种略为厌世的、无可奈何的神情，感动不少异性，生意上往来的老中青男人，都喜欢蒋南孙，她多多少少得到一些方便。

南孙知道，命运大手开始把她推向阿姨那条路去。

也不是一条坏路，虽然寂寞清苦，但是高贵。

南孙把家里的情形写了封长信，大约有短篇小说长短，寄去给阿姨。

她盼望有回音，但是没有。

蒋太太知道了，同南孙说："我们没有为她做过什么，故此也不能期望什么，她只得她自己，小心点是应该的，与其做出空泛的应允，不如保持缄默。"

南孙恨母亲，因为她不恨任何人。

她千方百计找出理由替人开脱，每个人都有不得已的苦衷，都有委屈，独独轮到她自己的时候，一点借口都没有了。

当下南孙说："不会的，阿姨断然不会撇下我们。"

蒋太太不出声，但是这下南孙却看对了人，阿姨没有回信，是因为她已动身回来。

南孙接到电话，她已在酒店里，母女俩赶去同她会面，酒店房门一开，南孙又闻到那股英国烟草混着铃兰香氛的特殊气味。

阿姨身上大衣还未除下，她站在窗前，黑色打扮使她看上去孤傲、高贵、冷僻。

"南孙。"她张开双手。

南孙熬到这样一刻，眼泪汨汨涌出，抬不起头来。

阿姨简单地说："我来带你们母女走。"

蒋太太问："他们呢？"

"他们是谁？"

"我的丈夫，我的婆婆。"

阿姨沉默一会儿："我帮不了他们。"

蒋太太不出声，坐下来。

阿姨问："你还没有受够？"

蒋太太凄然地，用一只手不住抚摩另一只手臂，像是怕冷。

"那样的一家人，你还想留下来？"

蒋太太不愿意作答。

阿姨仰起头，轻轻冷笑一声。

终于，蒋太太用细微的声音说："我不能在此刻离开他，我们曾经有过好时光，现在他需要我。"

阿姨说："他一生中从没扮演过丈夫的角色，他是你的大儿子，你一辈子宝贵的时光精血，就是用来服侍照顾他。"

蒋太太忽然笑了。

过一会儿她说："是我情愿的。"

"你这可怜的女人。南孙，"她转过头来，"你马上跟我走。"

南孙吞一口唾沫。

阿姨鹰般目光注视她，讪笑起来："你也挨义气？"

蒋太太连忙说："南孙，你要走的话尽管走，家里的事，也搞得七七八八了。"

南孙缓缓摇头："现在还不是时候，父母皆要我照顾。"

阿姨不置信地看着她们母女，隔了一会儿她说："好，好。"

南孙有点歉意。

"蒋某是个幸运的人。"阿姨说。

蒋太太对她说："我知道你看不起他，但他不是一个坏人，这些年来，也只有他给过我一点点安慰。"

阿姨走到窗口，背着南孙母女，唏嘘地说："我希望我也可以那么说。"

南孙忍不住在心中加一句：我也是。

"那我这趟是白来了。"

"不不不不不，"南孙回复一点神采，"我们需要你支持。"

"你们要搬到什么地方去？"

南孙答："我的家。"

"有多大？"

南孙用手指做个豆腐干样子。

"一家四口，熬得下去吗？"

南孙摊摊手。

蒋太太长长叹口气。

阿姨背着南孙，把一个装着现钞的信封递给姐姐。

"有什么事，同我联络。"

阿姨来了又去了。

蒋家搬到南孙狭窄的小公寓，家私杂物丢了十之八九，仍然无法安置。

老太太有十来只自内地带出来的老皮箱子，年纪肯定比南孙大，一直不肯丢掉，里面装的东西，包括五十年前的袍褂、三十年前的照相架子、二十年前的皮草……

南孙趁老太太往礼拜堂，花了好几百块钱，雇人抬走扔掉。

老太太回来，骂个贼死，咒得南孙几乎没即时罚落十八层地狱。

锁锁本想帮蒋家弄个舒服点的地方，被南孙铁青着面孔坚拒。

欠朱锁锁一辈子也够了，三辈子未免离谱。

上房让出来给祖母，父母占一间，南孙只得睡沙发，厅堂窄小，只能摆两座沙发，南孙每夜蜷腿睡，朱锁锁看了大怒，问她苦肉计施给啥人看。

最大的难题是厨房，每日要做出三顿饭菜来，一煎一炒，满屋子是烟，渐渐人人身上一股油烟味，个个似灶房丫头。

蒋先生喃喃自语："献世[1]，献世。"

蒋太太自然戒掉麻将牌，成日张罗吃，蓬头垢面之余，很乐观地说："他会习惯的。"

蒋先生没有习惯。

事发时南孙在公司里，严寒，前一日比较忙，她搭了床在办公室胡乱睡了几个小时，一清早电话响，她以为锁锁生养了，满心喜悦接过听筒。

电话是母亲打来的。

蒋先生在浴室滑了一跤，昏迷不醒，已送到医院。

---

[1] 献世：露面，丢人现眼。

南孙赶着去，只见父亲躺在病床上，面孔似蜡像。

发生得太快，祖孙都来不及悲恸，似别人的事，新闻看得多，知道确有这种悲剧，但震惊过度，又得忙着应变，竟无人呼天抢地。

三日后，蒋氏死于脑出血。

同事帮了南孙好大的忙，连日奔走，南孙没把事情告诉锁锁，怕她担心。

夜以继日，南孙咬紧牙关死挺，将父亲火葬。

南孙多希望章安仁会出现一下，为着旧时，同她说几句安慰的话。

但是他音信全无，怕南孙连累他，一个女子，拖着寡母不止，还有一个孤僻古怪的老祖母，尚有什么前途，避之则吉。

在章安仁眼中，南孙贬值至零，已经不是以前的蒋南孙。

他干干净净正式一笔勾销这段感情。

一切办完之后，南孙已近虚脱，接到谢家通知，又赶往医院，锁锁生下女儿。

是一个非常非常大的婴儿，体重几近五公斤。

护士把她抱出来，南孙有点害怕，不敢接手，这样软若无骨的小生命，她从来没有如此接近过婴儿。

锁锁鼓励她。

老人逝去，幼儿出生，天理循环，南孙伸手把小小包裹抱在怀中，婴儿蠕动一下，像是要采取个比较舒服的位置，南孙轻轻掀开褓裸，看到一张不比水晶梨更大的面孔，粉红色，五官小得不能再小。

南孙受了震荡，把脸贴上去，婴儿突然不客气地大哭起来，南孙才晓得这一切都是真的。

不是美梦，也不是噩梦，只是真的发生了。

锁锁精神很好，一定要拉住南孙聊天。

南孙说："很痛吧？"

锁锁说："我不想提了。"

"为他生孩子，一定很爱他。"

"南孙，我早已学会不为任何人做任何事，为人家做事，迟早要后悔的，我只为自己，我想要一个孩子。"

南孙意外诧异地看着她。

"你看，你母亲如果没有你，这一段日子怎么熬？"

南孙轻笑："谬论，不是为我，她根本不用被困愁城，早学我阿姨，自由自在飞出去。"

"可是现在只有你在她身边，是不是？"

南孙啼笑皆非。

"这个孩子，也会陪着我。"

南孙叹口气："真残忍。"

护士进来，把婴儿抱出去。

锁锁说："没想到你这么能吃苦。"

"我？"

"那么多同学，数你最沉不住气，芝麻绿豆的事，都要讨还公道，咬住不放，没完没了，简直讨厌。"锁锁笑。

南孙听着这些逸事，呆半晌，茫然问："是吗，这是我吗？"一点也记不起来了。

"猜一猜，把我们这干人放逐到亚马孙流域去，任得我们自生自灭，活下来的有几人？"

南孙看锁锁一眼："吃人鱼、毒箭、巫术？小儿科，我保证个个都能活着出来，而且设法弄到香肥皂沐浴，下次组团再去。"

锁锁笑说："你真的练出来了。"

南孙看着窗外："有时候过马路，同自己说，一部卡车铲上来倒好，少挨三四十年。"

"南孙！"

她转过头赔笑："只是想想而已。"

"想都不准想。"

有人推门进来，是谢宏祖，带着一大束玫瑰花，也不留意有无客人，便俯下身去吻妻子的脸。

南孙可以肯定，在这一刹那，他们是相爱的。

那一个冬季冷得不能形容，配合零落市面，肃杀不堪，戏院酒馆饭店都空荡荡，人人往家里躲。

老太太怕冷，开着热水汀，窗户关得密不透风。

她一下子衰老，头发掉得很厉害，常常沉默，要讲话也只往教会去。

星期六下午，母女趁老太太外出清理公寓，打开所有窗户让新鲜空气流通。

蒋太太说："你阿姨有信来。"

南孙露出一丝笑："她是老鹰，我们是家禽。"

"说到什么地方去了，南孙，她还是叫我们去。"

"我们走了，谁服侍老太太？"

"你去，南孙，凡事有我。"

南孙扬起一条眉毛："这怎么可以，留下没有经济能力的母亲与祖母，太荒谬了。"

蒋太太不语。

"你去才真，妈妈。"

"我？"蒋太太愕然。

"我有将来，你信我会在这种环境委屈一辈子？我不信，只要加多一点点薪水，我就可以雇人看顾祖母，大家脱离苦海。妈妈，这间屋子住不了三个人。"

蒋太太落下泪来："幸亏你父亲去得快，没有拖累医药费。"

"收拾收拾，动身去散散心，当旅行一样。"

"你——"

"我早已不是小孩了。"

蒋太太还要推搪。

南孙怒道："真没有道理，不过四十多岁的人，却咬定要卖肉养孤儿才显得伟大，为什么不放眼看看世界，多少与你同年龄的女人打扮得花枝招展，花月正春风呢。"

"这，这，这是什么话！"

"你不去，我天天同你吵个鸡犬不宁。"

"那……我去去就回来。"

"不用回来了，没人需要你，你走了我好搬进房间去。"

"南孙你怎么心肠如铁。"

南孙微笑。

她倒愿意做个无肠公子。

祖母回来得早了，一边关窗一边骂人，骂了几句，突然觉得南孙母女也实在不好过，何苦百上加斤，于是蹒跚回房去。

晚上，蒋太太只做了一锅汤年糕，由南孙盛了一碗端进去给祖母。

她坐下来同老妪摊牌。

看得出老太太害怕了，脸颊上的肉微微抖动，南孙十分不忍，终于硬着心肠把整件事说完，轻轻做一个结论："就剩我同你两人了。"

老人怔怔地注视着孙女，她对南孙从来没有好感，二十年来肆意蔑视她，只不过因为她不是男孙，真没想到有一日会同她相依为命，靠她微薄的收入维持生活。

这个孩子会不会趁机报复？

只听得她说："我们会活下来的。"

南孙站起来退出，轻轻带上房门。

蒋太太问："你祖母怎么说？"

南孙答："现在轮不到她发表意见。"

"南孙，她是你祖母。"

"我知道。"

"祖父一早就过身，她有她的苦处。"

"有我做她的出气筒，不算苦了。"

"南孙，答应我好好对她。"蒋太太心惊肉跳。

南孙啼笑皆非："我像是虐待老人的人？"

"你必须应允我，无论在什么情况下，对你祖母，都不得有闪失。"

"好，我应允。"

蒋太太松口气："我去去就回来。"

南孙侧脸看到祖母房门有一丝缝，而她刚才明明已把门关紧，莫非祖母听到了她们的对话。

南孙送走了母亲。

这样有把握，是因为找到了新工作，或是更贴切地说，是新工作找到了她，所以南孙可以要一份比较优渥的报酬。

新东家本来是她的顾客，特别欣赏南孙，存心挖角。

锁锁知道之后，气得不得了，说了一大堆话，瘦田无人耕，耕开有人争之类，就差没把南孙比猪比牛。

南孙一味死忍。

再这么下去，她害怕三十岁之前就要生癌。

锁锁生养后身材有点松，拼命节食，她不住抱怨，却不知道风韵犹胜从前。

锁锁十分念旧，一有空便往南孙处跑，带着粉妆玉琢的小女儿，司机与保姆在楼下一等好几个小时，照样陪蒋老太太讨论《圣经》，畅谈灵魂升天，使老人家十分高兴。

南孙喃喃笑骂她真有一手。

南孙托锁锁找来一个会做上海菜的女工，早上九点来，晚上六点走，她多劳多得的薪水就此报销，衣着打扮仍嫌寒酸。

但老太太的生活却安顿下来，一连举行好几次家庭礼拜。

有一次南孙看见祖母抱着锁锁的小女婴逗她笑。

南孙大大诧异，奇怪，老人家竟不介意男女了。

蒋太太去了近两个月，还没回来，南孙大感快慰，体重略为增加。

看得出她之元气在渐渐恢复。

锁锁告诉她："市道在进步中。"

南孙说："我总不能一辈子住在你的房子里。"

"你这个人，死要面子活受罪。"

"新老板对我不错，环境一允许，我立即找地方搬。"

"少废话，说真的，找到男朋友没有？"

南孙摇摇头。

"你要出去找呀。"

"没有空。"

"成日夜埋头苦做，你老板得到条金牛，你总不为自己着想。"

南孙干笑："做成衣这一行——"

"成衣，你在做成衣？"

"我没同你说过？"

"蒋小姐，你我很久没有好好谈一谈了。"

锁锁手指上一颗大宝石夸张地一直闪烁，南孙找副太阳眼镜架上，锁锁一怔，才知道用意，扑过去要取南孙狗命。

在该刹那恢复童真。锁锁希望她们还有很多这样的日子，三十岁、四十岁、五十岁，年龄不重要，至要紧她俩心意不变。

看得出锁锁环境奢华，衣物装在巨型纸袋中，送上去给南孙挑："你不要，就拿到救世军去。"一件件都包在软纸里，送人的东西还弄得那么齐整，一向是锁锁好习惯，陈年鞋子都抹得干干净净。

有些款式太过新奇，南孙不要，她又提回去，实在为南孙省下一大笔治装费。

制衣厂规模不大，老板娘亲自看店，吃午饭时聊起来。

"你同朱小姐很亲厚。"

"我们是中学同学。"

"真是难得。"

南孙以为老板娘夸奖锁锁难得，连忙说："真是的，嫁到谢家，这样飞黄腾达，一点不嫌老同学寒酸，我最最欣赏她这点。"

老板娘诧异了，随即笑："我是说你啊，南孙。"

"我？"

"所以说我没看错人，你实在忠厚，堂堂正正大学生，有正当职业，却念旧同这么一个女子来往。"

南孙支吾以对，心里不舒服，碍着她是老板娘，才没出言顶撞。

"这位朱锁锁小姐在社交界很有点名气，南孙，你老实，不大晓得吧，有个绰号叫朱骚货，很多太太为她吃过苦，是个做生意的女人，你可明白？"

南孙看着老板娘："我管不到那些。"

"所以说你难得呀。"

南孙喉咙像是塞了团棉花，顾左右而言他："你瞧瞧这些凤尾花布办，实在不敢相信下一季会流行这个。"

老板娘一边看样子一边说："她在谢家并不得宠，不过女人身边有了钱才狠呢，爱嫁谁便嫁谁，社会一向很奇怪，有什么正义感，尊她们为传奇性女人呢？"

南孙深深悲哀。

朱锁锁为她做了那么多，她都不敢为她辩护几句，为着不吃眼前亏，噤若寒蝉。

饭碗要紧呀，谁不是鉴毛辨色的江湖客，谁去伸张正义，锁锁会得原谅她的。

老板娘总结："同这样一个人在一起，要当心啊。"

南孙挤出一个微笑。

心腹之交，也不过是这样，自身的利益，才是第一位。

那个下午，南孙觉得人生没有意义。

她想到祖母说过一千次的，彼得在鸡鸣之前，三次不认主的故事。

她恨她自己，恨足一日。

第二天清早，还是起来了，往制衣厂开会。

厂方普遍使用电脑，南孙感到极大兴趣，每次均参观专家用电脑拼纸样，当一个节目。

她同主管小姐很合得来，聊了几句。

有位年轻人走过，打了个招呼。

主管小姐笑说："那是我们经理，上任才三个月，已有几项建设，人称电脑神童。"

南孙听是在听，不甚为意。

"未婚呢，厂里各部门小姐都有点心不在焉了。"

南孙笑一笑，专注地问了几个问题才告辞。

她一向回公司午膳，长驻办公室，这也是老板疼她的原因，有时长途电话专在稀奇古怪的时刻打进来，有个可靠的、能说话的职员忠诚侍候，说什么都给客人一个好印象。

南孙根本没有朋友。

时髦男女把午餐约会当仪式进行，南孙却不是族人之一。

与锁锁见面，也多数挑在星期六，以便详谈。

工厂电梯人挤，她退后两步，让别人进来，南孙想，人人肯退一步，岂非天下太平。

她讪笑自己胡思乱想。

正在这个当儿，她听见有个声音轻轻地问："……好吗？"

南孙抬起头，一张英俊的面孔正向她殷勤问候。

怕她没听清楚，他再说一遍："奇勒坚好吗？"

南孙呆住。

脑部飞快整理资料，过三分钟才得到结论："你！"

年轻人微笑："别来无恙乎？"

山中方一日，世上已千年，南孙忽然觉得辛酸，竟没有什么欣喜之情。

电梯门打开，他俩被人潮拥出。

两人站在行人道上。

南孙这才看清楚他，在肮脏忙碌的工厂区重逢，年轻人的气质却与樱花树下无异，同样令她心折。

但是她呢？

南孙低下头，这些日子不知道多憔悴。

她清一清喉咙："很高兴再见到你。"

"要不要一起——"

"不，我有事，改天见。"

南孙说完，匆匆奔过马路，截到一辆空车，跳上去。

车子驶到一半，她才觉得毫无必要这样狷介。

不过算了，生活中诸多打击已使她成为惊弓之鸟，最怕没有心理准备的意外。

朱锁锁闻讯惋惜地说："不是每个男人都像章安仁的。"

南孙傻笑。

"即使是，你现在也会得应付。"

过一刻，南孙说："我都没有心情。"

"没有异性朋友怎么行。"锁锁不以为然。

南孙说别的："家母问候你。"

"那边苦寒，她可习惯？"

"不知道多喜欢，我做对了，她如获新生。"

"你也是呀，看你，多能干，个个钱见得光。"

锁锁永不介意嘲弄自身。

每次都是南孙尴尬。

流金岁月

陆·

人们的思想仍然太过迂腐封建，

仍爱看到他人吃苦，

但凡自救的人，

都被打入奸狡无信类。

喝完茶回家，屋里漆黑，南孙开了灯，听见厨房有呻吟声。

她飞扑进去，看到祖母躺在地上，身边倒翻了面食，一地一身都是。

南孙大急，连忙去扶她。

"南孙，"老太太呼痛，"腿，腿。"

用人放假，她不知躺在这里有多久了，南孙惭愧得抬不起头来，如热锅上蚂蚁，速速通知相熟的医生前来，一边替祖母收拾干净。

祖母挣扎："我自己来……"

南孙急痛攻心，手脚反比平时快三倍。

倘若有什么事，她永远不会原谅自己，与女友坐咖啡厅闲聊，叫祖母独自熬过生死关头，叫天不应，叫地不灵。

医生与救护车同时赶到。

南孙不怪他们脸上有个"这家人恁地倒霉"的表情，毕竟不久之前，已经来过一次。

幸亏老人只是跌断腿骨，上了石膏，出院休养。

南孙震荡尚未恢复，伏在老人榻前，直说"是我不好，都是我，叫你吃苦"。一辈子没同祖母说过那么多的话。

老太太只得回应："人老了没有用，连累小辈……"

锁锁笑她们如上演苦情戏。

南孙时时叫锁锁回去："你有应酬，请先走。"

"我又不是老爷奶奶跟前的红人，许多地方，都不叫我出场面，自己又不便到处逛，闷死人。"

"是你自己要嫁人的，那时，某君当你如珠如宝。"

锁锁收敛表情，沉思起来，隔一会儿，才说："有许多事，你看不到。"

"没想到谢宏祖会这么老实。"

锁锁侧起头微笑："你没听说他同玛琳赵死灰复燃？"

南孙放下手中纸牌，一颗心直沉下去："不。"

"真的。"

"你怎么办？"

锁锁仍维持笑脸："她肯做二房，我可与她姐妹相称，赵家三小姐叫我太太，我不吃亏呀。"

听这个话，南孙知道她不打算离婚，甚至不想追究。

锁锁放下牌："廿一点，赢你。"

若无其事。

老太太这时在房中叫："南孙，南孙。"

南孙答："来了。"

她扶祖母上卫生间。

出来的时候，锁锁已变话题，不愿多说。

深夜，南孙送走锁锁，进房去看祖母。

以为她已睡着，但她转过头来："南孙——"

南孙紧紧握住她的手，尽在不言中。

老人复原得这么快，已经不容易。

天色灰暗，天亮也同天黑差不多，闹钟专会作弄人，好梦正浓，被窝正暖，它却依时依候哗的一声喝破人生唯一的美景良辰。

南孙老觉得闹钟的声音不但恶、狠，而且充满嘲讽、揶揄，像那种势利眼的亲友，专门趁阁下病，取阁下的命。

锁锁大概一早看穿了，所以才不受这种琐碎的鸟气。

她听见祖母咳嗽声。

"起来啦。"近来她时常这样问候孙女。

南孙连忙挂一个笑脸，捧着一杯茶过去。

"你准备上班吧，不必理会我。"

南孙看着窗外，对面人家也开了灯，这样天黑做到天亮又做到天黑，人生有什么鬼意思。

南孙等女佣开门进来，才取过大衣披上，经过上次，她再不敢叫祖母独自待家里。

大衣倒是鲜红色的，轻且暖，是锁锁之剩余物资。

电话铃响，南孙觉得诧异，这种尴尬时分，连公司都不好意思来催，是谁？

她取过话筒。

"南孙？"

是阿姨的声音，南孙打一个突，心中念着是福不是祸，是祸躲不过，不是黑心，不吉利的事也该轮到别家去了吧。

她清清喉咙："阿姨？"

"是，南孙，我有好消息告诉你。"

南孙苦笑，真难置信这上下还会有什么好消息。

"南孙，你母亲要结婚了。"

"嘎!"

南孙手一松，电话掉下。

她连忙拾起，把耳机压到贴实耳朵，生怕走漏消息："什么?"

"你母亲婚后会留下来入籍，暂时不回来了。"

"她要结婚，同谁?"

这时祖母也闻声慢慢走出来。

"同男人，一个很好的中国男人。现在由你妈妈跟你说。"

南孙睁着眼睛张着嘴，错愕得像是吃了一记无名耳光。

不可思议!

母亲的声音传过来，清晰、愉快、大方，根本不似同一个人。

她说："南孙，你会不会来参加我们的婚礼?"

南孙傻掉，这些年来，她一直希望母亲有她自己的生活，不住地鼓励她，没想到效果竟然这样大好，在四十五岁高龄，丈夫去世才一年，竟要再婚。

"南孙?"

"我要陪祖母，走不开。"南孙有点心酸，有点嫉妒，有点生气。

谁知母亲竟讨价还价："你也是我的女儿呀。"

"我想我还是同阿姨讲的好。"

阿姨的声音又回来："南孙，我们还以为你会雀跃。"

"对方是什么人，利口福的大厨？"

"南孙，南孙，南孙。"

"我有权知道。"

"你不恭喜你母亲？"

南孙定一定神，拿出她的理智来："我很替她高兴，太好了，详情如何，盼她写封信来告知。"

"她还是盼望你过来一次。"

"不行，祖母最近有次意外，我得陪她。"

"没听你说过。"

"我怕你们担心，才没说起。"

"我们想一个折中的办法。"

"我真的为母亲高兴，代我祝贺她。"

"得了。"阿姨慧黠地笑。

"我赶上班，再见。"

南孙挂上电话，看着她祖母。

蒋老太像是知道发生了什么事，却接受得比南孙好，只是略现诧异。

南孙说："不要紧，还有我。"

她挽起公事包，出门去。

在地下铁路中，南孙才真正欢喜起来，果然是好消息。母亲并不姓蒋，闺名也不叫太太，她也是一个人，有血有肉有灵魂，自丈夫去世之后，合同终止，她已不是任何人的妻子，那个身份已告完结，有什么理由叫她继续为蒋家服务。

人们的思想仍然太过迂腐封建，仍爱看到他人吃苦，但凡自救的人，都被打入奸狡无信类。

到了公司，南孙忍不住，第一件事便是拨电话给阿姨诚心诚意再次恭贺母亲。

这次她听见阿姨在一旁说："是不是？我知道南孙，她有容人之量。"

南孙长长吁出一口气，整天隐隐挂着一个微笑。

下午天下起雨来，她要出差，满地泥泞，又忘了带伞，也没有使她情绪低落。

即使与布商争执，也是笑吟吟，令对方摸不着头脑。

至少家里有人交了好运。

她吹起口哨来。

老板娘在等她。

"南孙，快过年了。"

"是。"她脱下大衣。

"六点了，你也该回去了。"

"回去也没事做，难道八点整上床不成。"

"南孙，这些日子来，你使我明白什么叫得力助手，用你一人，胜过三人。"

南孙出来做事虽然没多少日子，也明白行规，资方自动激赏劳方是绝无仅有的事，除非，除非有人要收买人心，待手下死心塌地地做。

这是间中小型厂，请人并不容易，老板奸，伙计也不好缠，她使这样一个险招，也划得来。

当下南孙只是礼貌地微笑，不露声色。

"有人告诉我，孙氏制衣要挖你过去。"

南孙不出声。

"我听到这样的消息，一定同你谈一谈才甘心。外子说，你不怕蒋小姐取笑，我同他说，蒋南孙可不是这样的人。"

南孙莞尔。

"过年我们发三个月薪水给你，南孙，你也知道目前经济尚未复苏……"

老板娘一直不停地说了二十分钟，南孙永远不会遗忘她的好口才。

这种老式的厂家无异够人情味，但天长地久，还是管理科学可靠。

孙氏制衣厂一切上轨道，系统井然，不需要老板娘同属下有八拜之交，工作一样进行顺利。

过了年，南孙决定往高处。

锁锁带孩子到欧洲去逛，南孙便托她去看新婚的母亲。

锁锁笑说："真没想到会有这样的事，所以更是意外之喜，我一定替你办到，外加送一份大礼。"

"还以为对象是唐人街鳏夫之类，做梦都没想到是伦大帝国学院机工教授，而且从来没有结过婚，真正所有的眼镜全掉地上。"

"好像只比她大几岁。"

"大三岁。"

"令堂其实保养得不错，就是打扮上差一点。"

"苦哈哈过日子，未老先衰才真，老太太箱底的旧衣料不要了，丢一块出来给她……看上去像太婆。"

锁锁沉默，过一会儿说："所以，无论人们怎么看我，我做人，全为自己。"

南孙取出照片："来，这是他们。"

照片里的中年妇女容光焕发，好好地打扮过，穿着文雅而时髦的新装，与面貌端正的伴侣恰是一对。

锁锁笑说："世界上充满了传奇。"

"不知老太太怎么想，她待我母亲，原本无须这样刻薄。"

"但你原谅她。"

南孙反问："有吗？我并不爱她，我只是尽责，像逐些偿还债务，并不牵涉感情，我姓蒋，跑不掉。"

锁锁说："老人也有老人的苦衷。"

"真不过瘾，这世界混沌一片，还是小时候看的电影好，人物忠奸分明，就差额头没凿着字，而且善恶到头终有报。"

锁锁笑："我是坏人，最怕报应。"

"坏人，把你的近况说一说。"

"多谢你的关心，近况不错。"

"谢宏祖怎么了？"

"谢君在我心中所占地位，并不是很重要。"

"听，听，这是什么话。"

"将来你会明白的。"

"先知，你几时回来？"

"三五七个月。"

蒋氏祖孙过了一个极其清淡的农历年，南孙买了水仙，熏得一室馥郁，她坐在客堂中嗑玫瑰瓜子看电视，累了倒头睡一会儿，起来扶老太太在附近吃馆子，并不怕女佣放假，十分优游。

南孙暗地里留意祖母神态，倒也佩服她能屈能伸。

唯一上门来拜年的是教友。

南孙回避在房间看爱情故事，要紧关头，仍然落下泪来，万试万灵，在现实生活中，有泪不轻弹的时代女性，感情寄托在小说里头。

渴了蹑足出去找茶喝，听祖母同朋友说："……还有一点点老本，再也动不得，是孙女的嫁妆。"

　　南孙听了十分感动，可见她在老人心中是有点地位了，但，嫁给谁呢，她不禁苦笑。

　　教友走了之后，南孙出来活动，祖母午睡。

　　三日公众假期悠悠长，南孙有些坐立不安，巴不得立刻去履新职，做得筋疲力尽，死得兴高采烈。

　　电话铃响，南孙希望那是母亲。

　　"蒋南孙小姐。"

　　"我是。"

　　"我叫王永正。"

　　南孙脑子有点生锈，想不起这个人："请问王先生是哪里的？"

　　"我们在亨汀顿[1]公园见过一次，后来在东方成衣电脑部看到你，在电梯中寒暄过，记得吗？"

　　南孙在家休息了几天，睡足了，精神比较松弛，因此笑问："我知道，你是那牵大丹狗的青年。"

　　"那条大狗不是我的。"

　　"多巧，奇勒坚也不是我的。"

---

[1]　亨汀顿：亨廷顿（Huntington）。

"那是你阿姨的，是不是？"

南孙惊异了："你怎么知道？"

"后来我在公园，又见过她几次，我们谈得蛮开心，可惜她没有把你的地址告诉我。"

南孙笑了几声。

"贵公司也不肯把你住宅电话公开。"

"那后来是怎么找到的？"

"我苦苦哀求公司电脑部主管蔡小姐。"

"啊，她。"

"蔡小姐说，假期后你要到孙氏上班。"

"已不是秘密了。"南孙知道蔡小姐说的断不只这些。

"放假也没有出去走走？"

"哎，乐得坐家中享清福。"

他那边迟疑一会儿，千辛万苦找来的电话号码，不舍得一时挂断。

南孙则很久没在电话中漫无目的地闲聊，感觉新鲜，像是时光倒流，回到少女时代。

"人山人海，不晓得往什么地方挤。"

"外头人来到本市，都这么说。"

"你虽是本地人，我保证你没有挤过年宵市场。"

"太大的挑战了。"南孙笑。

"今晚我来接你如何？我不会轻易放弃。"

"你可能不知道我的情形，我要陪祖母，不放心留她一个人在家。"

"府上可方便招呼客人？"

"舍下地方浅窄。"

"你们都这样说。"

"或许开工时一起吃午饭？"

王永正轻笑，他当然知道南孙在推搪他。

"我稍晚再问候你。"

"欢迎。"

南孙放下听筒，伸个懒腰。

王永正固然是个好青年，但有什么是无须付出代价的呢？南孙看看自己的怪模样，不禁笑出来，她穿着不知年头膝头部位已经爆裂的牛仔裤，父亲的旧羊毛袜，睡衣上截当衬衫，嫌冷，扯过祖母的绒线围巾搭在脖子上。

她不是不想为悦己者打扮，但最悦她的是七彩电视。下班以后，她只贪图舒服至上。

当初遇到章安仁，世界还要美好得多呢，转眼间，他成为她生命中最丑陋的回忆。也许，过十年二十年，待她事业有成、经济稳定的时候，她会投资时间精神，再度好好恋爱一次，但不是现在，现在她决定做一些收获比较大的事。那人越是有可能，越要避开。

南孙想到美国一位专栏女作者貌若幽默，实则辛酸的文章："回顾我的独身生活，像在森林中度过，盲目地自一只野兽的手臂传到另一只，不复回忆，最后如何与一个很多时候看上去似卷尾猿的人在一起，还领了婚姻牌照。我的恋爱生活不是混沌的宇宙，而是进化小径。我错了许多许多次，但同一错误从不犯两次，像一切进化论，我的也自底部开始……"

南孙曾为这篇报告笑出眼泪来。

章安仁不是不像一条蛇的。

一朝被蛇咬，终生怕绳索。

南孙觉得每个人都有负面，正面越美，观者越是担心另一面的真貌。

祖母说："有人找你，为什么不出去？"

南孙笑着摇摇头。

"我可以叫戚姐妹来陪我。"

南孙拾起杂志。

"年轻人出去走走才好。"

南孙轻轻说："我不年轻了。"

蒋老太太有点难过，她也知道，多多少少是为着她，南孙才牺牲了社交活动，这个曾经被她歧视的孙女，竟这样爱她。

老太太心中惶然。

南孙连忙说："我替你拿南瓜子来，锁锁送的松子也甘甜。"

祖母低下了头。

"还有自制酒酿圆子，你看锁锁，自己不过年，却把一切都安排好了才走。"

"若有机会，要好好报答朱小姐。"

南孙说："锁锁是那种难得的全天候朋友，"也不管祖母听懂没有，"我成功，她不妒忌，我萎靡，她不轻视，人生得一知己足矣。"

傍晚，电话铃又响。

蒋老太太说："如果这是找你，不妨出去，孙姐妹就要来了。"

南孙苦笑，现在还有什么不夜天，不贰臣，叫你不去，马上叫别人，谁没有谁不行，谁还害相思病。

老太太接听，谁知却聊起来了："是，我是南孙的奶奶，你是北方人？很少听得一口这样好国语，行，我听得懂，我很好，谢谢你，你来约南孙？好极了，半小时后来接她，可以，可以，再见。"竟一言为定，挂了电话。

南孙瞪大双眼："这是谁？"

"一个叫王永正的年轻人。"

南孙怪叫一声："你代我答应了他？"

"是呀，人家已是第二次打来了。"

"但我要洗头沐浴化妆换衣服，三十分钟怎么够？"

祖母打量她："这倒是真的，你自己看着办吧。"说罢回房间去了。

南孙先是颓丧地坐着，看着镜中蓬头垢面的自己，后来嘴角露出笑容，当然不是为王永正，而是为祖母，人家祖孙一开头就有感情，她们却要等到廿余年后。

但，迟总比永不好。

南孙跳起来，往莲蓬头下洗刷，她仍然留长发，已没有时间吹干，只得湿漉漉垂肩上，取过牛仔裤穿上，发觉自己胖了，拉链拉不上，狼狈地换上没有线条的绒线裙，才擦口红，门铃就响起来。

南孙实在怕老太太对王永正说些足以令他误会的话，就这样跳去开门。

门外站着老太太的教友及王青年。

四人一轮寒暄才分头坐下。

王永正穿着灯芯绒西装，一表人才，南孙想，同他走出去真是挑战，旁人一定会想，这样好看的男人的女友却不怎么样。

她打开王永正带来的巧克力，老实不客气地吃起来。

一方面王永正也看着南孙发呆，这已是他们第三次见面，这女孩子不住令他惊异。

第一次，在外国，她一脚泥泞，破裤，面孔却似前拉菲尔派画中女角，浓眉大眼长发，象牙般皮肤，彼时满园落花，她举脚踢起小径中花瓣，给他的印象如森林中精灵。

第二次，她穿着标准套装，全神贯注与电脑打交道，肃穆的脸容有一股哀伤，野性长发盘在脑后，但他还是一眼就把她认了出来。

然后是今天。

她身上还有药水肥皂味道，清醒活泼，头发用一只夹子束起，嘴上有一点点口红，看上去心情比较好，选择巧克力的时候，大眼中有一种天真的渴望与贪婪，糖在嘴里融化时，她微眯眼睛享受，就差没"嗯"的一声。

王永正心想：就是她了，必要时死追。

他见过太多才三分姿色便到处申诉同性都妒忌她的女子，他有点倦了，难得见到一个不搔首弄姿又真正漂亮的蒋南孙，他不笨，决心抓紧她。

两位老太太坐在年轻人当中，也不好讲话，于是孙姐妹搭讪说："我们到房间去祷告。"

小小客厅只剩下他们两个人。

王永正说："你祖母很可爱。"

南孙抬起头一想："是的。"以前才不是，但磨难使她们长大成熟老练，凡事都不大计较了，并且肯努力叫旁人愉快，即使略吃点亏，也能一笑置之。

不久之前，她同她祖母都不可爱。

南孙笑了。

这一抹不久会出现的神秘笑容，也使王永正着迷。

"要不要出去走走？"

"Quo Vadis[1]？"

王永正一怔，用手擦鼻子，兴奋莫名，他知道找对了人，蒋南孙永远不会叫他沉闷。

"你不会想到我寓所去坐坐吧？"

南孙侧头想一想："为什么不，总比在街上乱挤的好，你看上去也像个大好青年。"

"请。"

两人走到路口，南孙就叫扒手光顾了，她根本没察觉荷包不翼而飞，一转头只看到王永正同个陌生人办交易，刚在诧异，看见王永正取到了一只似曾相识的皮夹子，突然惊醒，才发觉手袋已被打开。

王永正笑吟吟把荷包还她。

南孙觉得被照顾真正好，索性乖乖尾随王永正身后，她感慨地想，天涯海角，就这么去了也罢。

王宅非常幽静，在近郊，是那种两层楼的小洋房，一

---

[1] Quo Vadis：君往何处。

看就知道是知识分子之家，完全没有刻意装修布置，但每件家私自然而然与环境配合。

南孙忽然想起她从前的家，也有这股书卷气，但，过去的事还提来做甚。

南孙一点都不觉得紧张了，她背着夕阳笑。

他去听了一个电话，随即出来征求南孙的意见："我表妹想与她男朋友过来玩，你怕不怕吵？"

南孙微笑摇摇头，好久没有出来交际，趁这个假期练习练习也好。

只见王永正过去取过听筒："章安仁，你们来吧。"

章安仁。

南孙一呆。天下同名同姓的人难道会有这么多，这个与人家表妹走的章安仁，自然就是她以前的男友章安仁。

女方的家底对于章安仁来说太重要，由此可知，该位王小姐的家境一定不错。

要是即刻告辞，也还来得及，但南孙自觉没有必要，所以处之泰然，当然，最主要是，章安仁已不能伤害她，他现在是一个陌生人了。

南孙有备而小章无备，看到她时他呆住，有些做贼心虚，跟着才若无其事地打招呼。

心细如尘的王永正已觉异样。

王小姐却不觉得，她是个娇小玲珑的女孩子，比南孙矮半个头，完全被宠坏，什么都要男友侍候，电话都要他拨好号码接通才递给她，喝一杯茶，加糖加牛奶也要他做。

如果南孙不在，章安仁会做得很自然，但面对前任女友，未免觉得自己是降格了，所以浑身不安。

南孙装作没看见。

王小姐很活泼，她有那种普通的俏丽，骤眼看，会以为是电视上芸芸小女明星中的一名，但衣着首饰却又显露身份。

她对南孙很热情，抢着说："我这个表哥一直没有固定女友，眼光很高很高，不过我不怪他看中你，蒋小姐，你真潇洒，我最羡慕人家可以一双平跟鞋到处去。"

被王小姐这么一说，章安仁未免勾起心事，南孙最难能可贵之处是永远坦荡荡，豪迈爽朗，与他现任女友相比，一如金鹰，一如黄莺，章安仁顿时懊恼起来，他会耐烦服侍这只依人小鸟一辈子吗？

南孙唯唯诺诺，丝毫没有不悦之意。

不到半小时，王小姐又勒令章安仁送她到别家拜年，她开一部父亲送的鲜红色名贵跑车，引擎咆哮着走了，完全像一阵风。

南孙忍不住笑起来。

王永正说："你认识小章吧？"

"他曾是我男友五年之久。"

"啊，发生了什么？"

南孙眨眨眼："他配不上我。"

王永正想一想："我也认为如此。"

从此他没有在南孙面前提起章安仁。

小章却没有这么磊落，在好几次家庭聚会的当儿，他不放过机会，隐隐暗示王永正，南孙读书时就与教授有暧昧，然而这还不是伟大的他与南孙分手的缘故，而是因为整个蒋氏家族都不上路，等等等等。

最后小章问："她没同你说吗？"

王永正微笑："都说了，比你说的还详细一百倍。"

小章听出弦外之音，失了一会儿神，然后过去侍候他的小公主。

这是后来发生的事了。

当夜送走客人，南孙留在王宅的游戏室玩大型的太空火鸟电子游戏机。

王永正收集玩具，但凡亲友家玩腻丢弃的各类型玩具，从皮球洋娃娃电动车模型士兵积木到音乐盒各式赌具枪械，都拣状态完整的，略加修理，分门别类放在这间大房间内。

南孙进门像其他所有客人一般呆住，正中是一张桌球台，低垂着铁芬尼[1]罩灯，情调上佳。她从来没玩过电子游戏机，王永正指导她，她一下子就遭迷惑，竟离不开那部机器。

南孙问自己：他为什么喜欢我，是因为我也像一件旧玩意儿?

说不定。

不过那一日的确玩得很高兴，吃完晚饭，由他送南孙回家。

在门口，他说："我盼望我们之间还有许多类似的约会。"

南孙说："我也是。"这并不是敷衍，这是真心的。

---

[1] 铁芬尼：蒂芙尼。

过完年，鲜花、红封包、糖果、瓜子通通收起，南孙松口气，也该过正经生活了。

新工作得心应手，纵有荆棘，游刃有余。南孙已成为职业杀手，烦恼不带回家中，祖母只见她早出晚归，到家先喝一杯酒，然后泡在热水缸中老久。

南孙本来待锁锁回来就要告诉她打算搬家。

南孙尊重老人，带祖母去看过新地方。

新居宽敞得多，蒋老太太说："睡房看得见海。"喜滋滋的。

人就是这样，身在福中不知福，等到一切被剥夺，也只得默默忍受，再给他丁点儿甜头，就乐得飞飞。

南孙指着套房："你睡这里，还有，小小书房给你读《圣经》。"

"不，你睡大房间。"

"我能有多少时间在家？"

老太太不语。

南孙看着她伛偻的背影，心中凄然，子孙不孝，令老人饱受虚惊，真是罪过。

如今她是动力，南孙有这重大责任在身，不由得不勇往直前，所以比谁都拼劲。

锁锁过了预定时间，还未返来，南孙找过她，谢宅只回说不知。

然后消息来了。

长途电话中她说："孩子与保姆后天到，南孙，麻烦你去接一接。"

"锁锁，发生什么事？"

"回来再说，孩子先在你家住，等我回来，无论如何不可让谢家知道，可答应？"

"你说什么就什么。"

锁锁似乎满意了："南孙，我信任你。"

"你把我新公司电话写一写，这几天，我可能要搬家。"

"南孙，回来再说。"她匆匆挂上电话。

南孙看着话筒。"开水烫脚。"她喃喃说。

真要命，搬家与带孩子如何同时进行？

事在人为，总有办法，南孙用一日时间搬好地方，再到飞机场把婴儿接到，抱回家中，保姆暂时睡地板，婴儿睡沙发。

整整一个星期，利用午膳空当及下班时间，她把一个四口之家弄得井井有条。

精神再好，劲道再足，南孙也累出两个黑眼圈。

但是那婴儿！

该怎么说呢，她如小小太阳，照亮整间公寓。

浓密如丝般黑发、大眼珠、小鼻子，乖得不觉得她的存在。有时候半夜听到婴儿啼哭，还是隔壁人家那些恶小人。抱在手中，舍不得放下。

特别认得老太太，会同她打招呼，叫她抱。

南孙再次恋爱，这次选对了对象，婴儿肯定偿还她同等的爱，倘若不是更多。

婴儿香弥漫一室，什么都以她为中心：洗澡没有，牛奶都喝光了吗，今天有没有听音乐……南孙买了一摞育婴指南回来细读，似乎要开始饲养婴儿事业。

王永正找她几次，她只推说没空。

他学乖，再走祖母路线，这次来到新的蒋家，王永正吓个半死。

门一打开，南孙抱着女婴儿出来。

她笑着说："爱玛琴，叫叔叔。"

那女婴忽然笑了起来，王永正怔怔看着小小人，误会

了，她有南孙一式一样的眼睛，他以为她们是母女，南孙
有私生儿。

震惊的王永正好不容易才缓过神来，却能够豁达地想，
管他呢，一于爱屋及乌，不由自主接过那个孩子。

南孙一点也没发觉小王神色转折过程。

蒋老太太说："你们出去好了，这里由我照顾。"

南孙松口气："永正，今天我要打三千分游戏。"

"要求太低，最高纪录是十万分。"

南孙一路上吹着口哨，王永正发觉曲子是《田纳西华
尔兹》[1]。

他为她高兴，她一次比一次开朗，这是事实。

王永正问："最近贵厂争取到了新合约？"

"下季运出三十三万件女装。"

"通行都知道了，成绩不错。"

"谢谢。"

"是你的功劳吧？"

"怎么可能，一双手一个脑做得了？群策群力。"

---

[1] 《田纳西华尔兹》：又译《田纳西圆舞曲》*The Tennessee Waltz*。

"听说你那组人长期朝九晚十二。"

"没法子，"南孙开玩笑，"你又不是没看见，我家有老有小，多重的负担。"

王永正回味南孙的话，不出声。

"孩子快九个月，马上会走路说话。"南孙仍然喜滋滋。

永正困惑之至："她姓什么？"

"谢。"

"上次到府上，可没看见她。"永正从来没有问过那么多问题，这次他再也不能维持缄默，保持风度。

南孙眨眨眼，立刻知道王永正搞错了。他焦虑的神情使她讶异，没想到他会这么关心，但他对女朋友的私生儿看法如何？南孙也好奇。

她微笑："你以为是我的孩子？"

永正张大嘴，又合拢，心中大大懊恼这次误会，太不敏捷了，根本不应该发生的，或许太着急了，一下子露出真情。南孙是个敏感缜密的人，这次印象分一定大打折扣。

南孙的声音转得有点忧郁："但愿我有那样的女儿。"

永正尽量放松："将来一定会有子女。"

"要付出很大的精血，在我的环境里，尚有其他较为重要的选择，鱼与熊掌，不可兼得。"

王永正咳嗽一声，忽然谨慎起来，不表示意见。

南孙看着他笑。

隔了很久很久，永正低声说："即使那是你的孩子，我也能够爱屋及乌。"

南孙诧异，希望他知道他在说些什么，这样大的允诺，要以行动表示，不应轻口道出，她并不相信他做得到，但相信他这一刹那的诚意。

"让我们开始比赛吧。"南孙说。

两人在那夜都尽量忘记稍早时发生过的事。

流金岁月

柒·

『你不爱我。』

『这是什么话，谁会笨得去嫁一个深爱的人。』

锁锁过了两星期才回来。

南孙去接她，她没有行李，不施脂粉，架着一副大大墨镜，一言不发，跳上街车。

南孙问："去哪里？"

锁锁答："恐怕又要到蒋府打扰几天。"

南孙搞笑："母女双双来，也不怕把我们拖垮。"

锁锁伸手拍打南孙。

不用说，南孙也知道，朱锁锁、谢宏祖夫妻俩出了纰漏。

到了家，锁锁累得倒头便睡。

南孙见一切无恙，放心回公司，直忙到深夜。

南孙案头有一只铜座墨绿玻璃罩的台灯，光线很令人舒服，她就靠它挑灯夜战。

　　锁锁睡醒了，摸上写字楼，女秘书替她开门，她看见办公桌后的蒋南孙，觉得有一种权威，是，人的时间用在哪里是看得出的。

　　南孙当下诧异地笑："你怎么来了？"

　　锁锁打量环境："你可身居要职了。"

　　"有什么荣誉可言，人要吃饭。"

　　"看上去真神气。"锁锁有点仰慕。

　　南孙笑得前仰后合："哎呀，你倒来羡慕我。"

　　"出门次数多不多？"

　　"不大轮到我，由二老板亲自出马，我不过打理极其琐碎的事。"

　　"我看，不消一会儿就升级。"

　　"不一定的，老板要办事的时候想到我，等到论功行赏的时候，又是另外一批人，怨不得。"

　　"你像是见了很多世面。"

　　"就单准你一个人老练不成？"

　　锁锁苦笑："我简直历尽沧桑。"

　　"怎么了？"

　　"谢宏祖要同我分手。"

南孙一听，头马上痛起来。

"我的事业，便是与男人纠缠，真没出息。"

南孙只得说："做一行厌一行。"

"你怎么说？"

南孙伸手推开桌上的文件与样板。

"小谢一直像是很爱你。"

锁锁简单地说："现在不爱了。"

这倒也好，完全接受现实。

"他要同赵小姐结婚。"

"锁锁，那就算了。"

"你明白吗，与我在一起一日，他父亲就把他搁在冷宫一日，最近老爷身体不好，他害怕得很。"

"以前他不是这样的。"

"南孙，以前我们也都不是这样的。"

"如果你问我，我觉得到了分手的时间，就该分手。"

"拖一拖能够使他生活不愉快。"

"你拿脚踩他，身子就不能高飞，划得来吗，你仔细想想。"

"南孙，你几时看得那么开？"

"我父去世那一天。"南孙叹口气,"你说得对,锁锁,我们都不一样了。"

锁锁狡狯地笑:"待我找到合适的对象,才同他离婚。"

南孙看着她:"这可能是个错误的决定。"

"说些愉快的事,明天我要卖房子了,令祖母的老本可能赚得回来。"

"真的?但是恐怕与她无关了吧,已经卖断给你。"

"我赚利息已经足够。"

南孙黯然:"若不是银行逼仓,我父不至于激气致死。"

"南孙,告诉我关于你的新男友王永正。"

南孙说:"他不是我的男朋友,我再也无暇搞男女关系。"

"老太太说他是。"

"她误会了。"

锁锁只是笑,老友的心情灰过炭,换了七个话题都无法令她高兴,即使是朱锁锁,也觉技穷。

"你还不下班?回家我向你报告令堂之近况。"

南孙终于抓起手袋。

女秘书待她们走了才恭敬锁门,锁锁发觉南孙隐隐已有将军之风范,暗暗钦佩。

锁锁问:"爱玛琴有无麻烦?"

"她,她是我生活里唯一的乐趣。"

"南孙,公道些,不只是她吧。"

南孙想一想,承认:"是,还有玩电子游戏。"

锁锁啼笑皆非。

自那日起,锁锁消极地躲着谢宏祖,他追到欧洲,她即刻先遣走女儿,跟着避到朋友家,他回来,到处打听她的行踪,终于找到南孙。

谢宏祖非常恼怒,他为此雇了私家侦探,弄得好大阵仗。

他怒气冲冲找上南孙的写字楼,本来想发作,一见南孙,气焰被她脸上一股冷冷的威严逼了回去。

他只埋怨说:"蒋小姐,你不该陪她玩。"

"看样子她不愿意,你只好等五年了。"

"我会给她很好的条件。"

"你?"

"家父鼎力支持我。"

支持儿子离婚?南孙从来没听过这样的谬论。

"她不会失望。"

"我想没有用,物质方面,她所拥有的,也很丰厚。"

谢宏祖叫出来："她这样做，有什么好处呢？"

南孙说："我不知道，我一直不知道做谢宏祖太太有什么好处。"

小谢脸上一阵青一阵白："至少把女儿还我。"

说到爱玛琴，南孙也紧张起来："不行，她只有这个孩子。"

"我也只有这个孩子。"

南孙拉下脸："倘若这是你的看法，我们见官好了。"

谢宏祖忍气吞声："那么请她爽快地同我分手。"

"你同我说这些话有什么用呢，不必在这里浪费时间了。"

谢宏祖咬牙切齿地说："都是你教坏了她，你这种嫁不出去、视异性为仇敌的女强盗！"

南孙第一次听到这个新奇的说法。一般都抱怨锁锁带坏她，所以一怔，随即笑起来。

小谢发现他完全不得要领，白白地上来娱乐了蒋南孙。

他瞪着南孙，女人，女人几时变得这么可怕，买她不动，吓她不怕。

他只得愤怒地离去，把事情交给律师。

星期天，南孙蜷缩在床上，不肯醒来，直至锁锁抱着爱玛琴哄她起床，那小小的孩子有点饿，不住舔着南孙的耳朵，看看是否食物。

南孙搂着她，藏进被窝，对她说："爱玛琴，假如你知道生命有几许荆棘，你的哭声会更加响亮。"

锁锁说："我们今天搬出去，同阿姨说再见。"

南孙一声"哎呀"，掀开被窝。

要走了，生活要重归寂寞。

锁锁知道她想什么。南孙穿着运动衣就睡了，拖着一头早要修剪的头发，身上起码多了五公斤脂肪，弄得邋邋遢遢，这是她逃避现实兼自我保护的方法。

锁锁觉得南孙像从前的蒋太太，无奈地做个觳子，把自己装起来，过得一日算一日。

"看你，像个叫花子。"

"不要夸张。"

"女人怎么可以没有感情生活呢，你看令堂过得多好。"

南孙洗脸。

"你怕了？我还没怕，你怕什么？"

南孙漱口。

"我这才知道你真的爱他。"

"曾经，锁锁，请用过去式动词。"

锁锁看着她，不置可否。

南孙扯过外套："来，我送你们。"

锁锁瞠目结舌："衣服也不换？爱玛琴，我们快走，我们不认识这位阿姨。"

锁锁与谢氏耗上。

双方聘了律师对垒。

谢宏祖亲自去看过锁锁。

她穿戴整齐了出来见他，名贵的香奈儿时装，御木本珍珠，一边抽烟一边微笑。

她并没有动气，但他说的话，她一句也没有听进去。

她知道丈夫与赵小姐已经同居，并代表她出席一切正式宴会，不过，赵小姐的身份将永远滞留，不得提升。

锁锁不是不觉得自己无聊的，何必让全世界的人知道她会计较，但一方面她也想表示她有资格生气，能够使谢家觉得棘手也好，他们都是蜡烛，太好白话了也不行，他们很懂得如何践踏一个无依无靠的女人。

谢宏祖说来说去那几句话，锁锁觉得闷，便开始喝酒，本来已经有点酒量，现在更加杯不离手，可惜从来没有醉过。

爱玛琴学会走路，趁保姆不在意，摇摇晃晃走出客厅，见是母亲便加快脚步，小小的她已不认得父亲，静静地看着陌生人。

谢宏祖知道这安琪儿般的小孩是他女儿，刚想过去抱她，保姆已把她领走。

双方谈判唯一的结果是，他每星期可以来看爱玛琴。

锁锁一点也不担心，谢宏祖没有良心，过三个月，求他未必肯来。

谢家也对朱女士下了差不多的裁决："明年她会答应离婚，届时她会厌了这项游戏。"

这左右，南孙决定振作起来。

她参加了健体会，黄昏溜出去做半小时运动，淋了浴才回公司，开始节食，本来一口气可以吃两只盒饭，此刻改吃酸奶，到底还年轻，很快见了功。

女同事问："为他？"

南孙学着锁锁的口气："为自己。"

她定期做按摩、理发、穿新衣服，把那种永恒性大学三年生的气质清除。

王永正却有点失望。

修饰后的南孙同商业区一般高级女行政人员没有什么分别，名贵牌子的行头，妩媚中带些英气，说话主观果断……他比较喜欢从前的她，像艺术科学生，不修边幅，自然活泼。

但人总是要长大的，王永正尝试欣赏新的蒋南孙。

在她升级那一日，他为她庆祝。

南孙独自喝了半瓶香槟，已经很有感慨，她说："我也真算一个迟熟的人，经过多年被人家踢来踢去的日子，现在总算完全独立自主了。来，永正，真值得干杯。"

她又喝干杯子。

"我有点踌躇满志是不是，原谅我，因为我刚刚发觉，我一切所有，全靠自己双手赚来，没有人拿得走，永正，我竟然成功了。"

永正拍拍她的手，知道她醉意已浓。

南孙略现狂态："没有人爱我也不要紧，我爱自己，仗已经打完了，我将慢慢收复失地。"

永正沉默，他听得出狂言背后的辛酸。

南孙长长呼出一口气:"你相信吗,曾经一度,我连住的地方都没有。"

"南孙,听我说话。"

"我在听。"

"南孙,让我们结婚吧。"

南孙醒了一半,怔怔地看着男朋友。

真突兀,怎么会在这种时候求婚。

还有,她之所以什么都肯跟他说,就是因为从来没想过要嫁他,现在怎么办?

南孙非常非常喜欢王永正,做夫妻最最合适,但问题是她完全不想结婚。

"不,"南孙摇头,"我已经有一个家。"

"你需要自己的家,丈夫,孩子。"

南孙但笑不语。

"你担心祖母?"

"不,我不要结婚,就是那么简单。"

"你不爱我。"

"这是什么话,谁会笨得去嫁一个深爱的人。"

王永正以为南孙说的是醉话,不去深究。

"同居也许，你认为如何？"

王永正摇摇头："永不。"

南孙问："为什么？好处才多呢，每年省下来的税可以环游世界旅行。"

王永正老大不悦，他也喝了几杯："你以为我是什么人，随便与人同居。"

"我很尊重你，永正，但这是我个人原则，我不结婚。"

"荒谬。"

南孙狡狯地笑一笑，她不上这个当，好不容易熬过种种难关，生活纳入正轨，她要好好为自己生活几年。

"永正，祝我更进一步。"她顾左右而言他。

"我等。"永正说。

南孙莞尔，他会吗？

报上登出来，世家女名媛王淑子小姐做了五月新娘，那幸运的新郎正是章安仁先生。

资本主义社会展扬财富的手法颇为庸俗，一切都以万恶的金钱衡量：新娘子的婚纱由意大利名师设计，亲自飞罗马三次试身，头上钻冕真材实料，耗资若干若干，一张账单流水似的列出来，酒席费等于普通人家一层公寓。

南孙一边吃苏打饼干，一边详读花边新闻，饼屑落在彩色大页上，她抖一抖，继续看下去。

新娘子在图上并不漂亮，个子小小，款式清纯的婚纱毫不起眼。

南孙想：一定是我妒忌的缘故，或是照片拍得不好，但章安仁确是高攀了，求仁得仁，是谓幸福。

锁锁看见南孙阅报阅得愁眉苦脸，一筒苏打饼干吃得七零八落，便趋过脸去看，一看看出兴趣来："哈，蒋南孙你拿床单剪个洞往身上罩也比她神气。"

南孙白她一眼："我最不爱听这等昧着良心说出来的阿谀奉承。"

"我却是真心，蒋南孙你不是不知道我是你终身影迷。"

南孙不出声。

"你结婚的时候，我来打扮你，替你做一场大 show，我也认识那些周刊的总编辑，一般同你登出彩色照片——"

南孙看她一眼。

锁锁说："你仍爱他是不是，真没想到。南孙，这社会是个血淋淋的大马戏团，你若要生活好过，必须游戏人间。"

"马戏团？为什么我老是扮小丑，你看，人家演的是公主。"

锁锁答不上来。

过一会儿她问："南孙，你觉得我是什么？"

南孙想一想："蜘蛛精。"

"咦！"

晚上出去的时候，爱穿黑色的锁锁，一照镜子，便想起南孙，说她像蜘蛛精，觉得这是一种恭维，她知道姿色比早年差得远了，本来由她安排剧本里的景和人，现在，都蠢蠢欲动，要另谋出路。

身边仍然有人，不愁寂寞，却已不是顶尖的那批。有时她情愿不出去，留在家中陪爱玛琴。

午夜梦回，锁锁感觉彷徨，好几次仿佛回到区宅旧居，木楼梯吱咕吱咕响，舅母来开门，不认得她，她知道找对了地方，因为闻到出炉面包香。

当中这七八年好像没有过，清醒的时候她不住喃喃自语：朱锁锁，不怕，不怕，现在你再世为人，什么都不用怕。

原来小时候受过内伤，终身不能痊愈。

可是太阳一出来，她又忘了这些，去忙别的。

锁锁同南孙说："令祖母同我说过好几次，王永正是个好对象，劝你把握机会。"

"就把他视作南孙最后的春天好了。"

"令祖母很担心。"

"太迟了，蒋氏早已绝后。"南孙笑吟吟。

喝完下午茶，她们分手，南孙带一张晚报回公司。

财经版头条："一九七二年十月成立，一九七三年一月上市的谢氏航业投资有限公司，因受世界航运业不景气影响，至上月底，谢氏股票在市场上被践踏至面目全非，该股收市价只有七十三仙。"

南孙霍地站起，一想到刚与锁锁喝完茶，她一点异样都没有，又坐了下来。

再呆的小市民看了那则新闻，都知道谢氏航业出了问题。

南孙仰起头，正在推测这件事的后果，电话接进来，是李先生找。

南孙同秘书对讲："赵钱孙李，哪个李?"语气不大好听。

秘书连忙补一句："蒋小姐，我以为你知道，是世界地产李先生。"

哎呀，久违。

南孙连忙取过话筒。

是他本人在那边等着，显得有要紧事。

"李先生，我是蒋南孙。"

"蒋小姐，我在公司，你即时抽空过来谈谈可好？"

南孙也不是好吃果子，心想成衣与地产风马牛不相及，何必八百年不见，一召即去，只是笑："请问李先生是急事？"

"关于骚骚，我找不到她，只得与你联络。"

南孙不再调皮，到底是个做事的人，她说："我十五分钟内到。"

"很好，再见。"

她放下手头工作，赶到世界大厦。

在电梯中感慨万千，经过上次那场风景，李某依然矗立，垮倒崩溃的永远是跟风的小市民，像她的父亲。

接待人员立时把南孙迎进去。

李先生站起来："蒋小姐，你好。"

南孙错愕地看着他，李某一点都没有老，就像她第一次在锁锁处见到他那个模样。南孙心想，这人若不是吃的长白山人参多，就是深谙采阴补阳之术。

又不是公事，她开门见山，也不客气："锁锁怎么样？"

"她与谢某仍是夫妻关系？"

"已经分居长久。"

"法律上仍是夫妻？"

南孙点点头。

"快叫她离婚。"

"为什么？"

"谢氏要倒台了。"

"那同她有什么关系，公司是公司，一声破产，伺机再起。"

李先生露出谴责的神情来："蒋小姐，你也是出来走走的人，竟说出这等天真的话来，谢氏父子是债务个人担保人，必要时须将家产抵押给银行，下星期美国银行将提出诉讼，出讨欠款，将抵押的船只全数扣押，情况已经很凶险。"

南孙涨红了脸，呆在一旁，锁锁辛辛苦苦挣下来的一点点财产，看样子要受拖累。

李先生说下去："她在谢家并没有得到什么好处，犯不着蹚这个浑水，叫她速为自己打算。"

"我马上同她说。"

南孙走到门口，又转过头来："谢氏究竟负债多少？"

"八亿两千四百万美元。"

南孙找不到锁锁，她整个人像是忽然消失在空气中。

三日后，谢氏航业的股份，认股证与债券均暂停在交易所挂牌。

南孙即时恶补有关谢氏航运一切资料，看得她汗毛直竖。

朱锁锁失踪。

南孙从保姆口中，知道她回了谢氏老家，已有几天没有回去看爱玛琴。

孩子正牙牙学语，打扮得似洋娃娃，见了南孙叫妈妈妈妈。

南孙用冰冷的手抱着孩子，同保姆说："她如有消息，说我找她。"

南孙失眠，抽烟顶精神。

王永正问她："几时惹上恶癖？"

"当我发觉眼皮睁不开却还有五小时工夫要赶的时候。"

永正把报纸递给她。

"我眼睛痛。"

王永正读报："谢氏家族拯救事业，变卖家产渡难关。"

南孙用手托着头："怎么会到这种地步？"

"你别担心，超级富豪的事不是我们可以了解的。"

南孙看永正一眼："你与我又不一样。"

"你别误会，我与表妹是两家人。"

南孙说："太谦虚了。"

永正知道南孙又急又累，心浮气躁，没有好气，不去顶撞她。

"适当时候，她会出来的。"

"她应当与我商量。"

"你也帮不了她。"

"真气馁，每次她要帮我，不过举手之劳，我却没有能力为她做什么。"

"有。"

"什么？"

"你可以代她照顾孩子。"永正温和地说。

一言提醒了南孙。

"保姆以外，那么小的婴儿，还需要人疼爱。"

也只好这样了，南孙惆怅地想。

她不但去探访，也代支生活费用。

保姆的面色有点惊惶，频问女主人下落。

南孙决定等锁锁三个月，她要是再不现身，南孙将收留孩子。

那小小人儿一到下班时分，便会端张小凳子，在门口坐着等南孙，一见到她，便上前抱住她大腿。

南孙被这个热情的小人儿感动得几番落泪，总算明白，为什么一个炮弹下来，大人会挡在孩子身上舍身。

也难怪王永正当初误会她俩关系，小孩一直叫南孙作妈妈。

保姆紧张地说："太太昨夜打过电话回来。"

南孙急问："怎么说？"

"她知道蒋小姐在照顾一切，很是放心。"

"她究竟在什么地方？"

"太太与先生在纽约。"

南孙同永正说："他们必是去了轧头寸。"

永正点点头。

"一直说谢宏祖对她不重要，口不对心，此刻又跑去挨这种义气。"

"你呢，你说的话可是肺腑之言？"

南孙知道他指什么："对你，我还没有说过假话。"

南孙听见祖母教小爱玛琴唱诗："你是沙仑的玫瑰花，你是谷中的百合花……"

愁眉百结也笑出来，告诉永正："绝早接受洗脑，小小灵魂有救。"

永正说："主要是她们两个都很快活。"

这是真的。

每唱完一个下午，蒋老太太给爱玛琴一粒牛油糖，爱玛含着它起码可以过三数个小时。吃饭的时分，南孙去按一按爱玛小小腮帮子，糖硬硬的还未全部融化。

爱玛是谢家的千金，却完全没有接受过谢家文化的熏陶，南孙说："这不知算不算'旧时王谢堂前燕，飞入寻常百姓家'。"想到能够为锁锁略尽绵力，非常欣慰。

倒台的人家不只谢家一族。

南孙都看得麻木了，电视新闻上纪律部队人员闯进大公司总部，一箱箱文件捧出来，上面都贴着封条。

蒋老太太都忍不住说："哎呀，这同抄家有什么不同？"

真的。

"什么都要拿出来变卖入官听候发落，再也没有万年的基业。"老太太感慨。

过一会儿又问南孙："饭还是有的吃的吧？"

南孙老老实实地回答："我不知道。"

那一夜，用人摆出简单的两菜一汤，南孙特别感慨，忽然忘却节食，吃了很多。

饭后由永正开车送小爱玛回家，谁都会以为他们是一家三口。

锁锁亲自出来开门。

两人一见面，一声不响，紧紧拥抱。

过很久很久，才分开来。

这是王永正第一次见到传奇人物朱锁锁，他觉得她五官清秀，出奇地美，骤眼看身形有点似南孙，细看却不像，装扮考究别致，在家都没有把她极高的高跟鞋脱下。

招呼过了，一时没有话说。锁锁斟出了酒。

南孙终于说："你早该同他离婚。"

锁锁不响，喷出一口烟，看着青烟袅袅在空气中消失。

王永正觉得这两个女人之间有种奇妙诡异的联系，非比寻常，在她俩面前，他始终是街外人。

朱锁锁忽然笑了，一点苦涩的味道都没有，使王永正呆住。

南孙接着说："你这样巴巴地自投罗网，人家不见得感激，你整个人躺下去，也不过沧海一粟。"

锁锁点点头："说得真好，把媳妇们所有珍藏公开拍卖，估计时值不过一千二百万美元，真是沧海一粟。"

南孙探身过去："你真的那么傻？"

"法律上我逃不了责任。"

南孙瘫在沙发上，用手覆着额角。

"谢家在一夜之间，失去所有亲友。"

"所以，也不欠你一个人。"

锁锁再燃着一支烟。

"什么都没有了？"

锁锁把手摊开来。

南孙叹口气："收拾收拾，到我处来吧。"

"你帮我照顾小爱玛就行。"

"你打算怎么样?"

锁锁朝她眨眨眼。

"从头开始?"

锁锁点点头。

"你开玩笑!"

"你有更好的办法?"

"锁锁,我们老了,怎么再从头走,已经没有力气。"

朱锁锁问她:"你几岁?"

"二十七,同你一样。"

锁锁拍拍她肩膀:"不,南孙,我们同年不同岁,记得吗,你二十七,我二十一。"

南孙呆呆地看着锁锁。

王永正却深深感动,无比的美貌,无比的生命力,他从来没有见过这样坚强的女性。

锁锁接着说:"南孙,你们回去吧。"

"不要人陪?"

"不用,"锁锁说,"我睡得着。"

南孙紧紧握她的手,然后与永正离去。

她在永正面前称赞锁锁："现在你知道什么叫勇敢。"

永正看南孙一眼："蒋小姐，你也不差呀。"

南孙想到父亲过身后她独自撑着一个家。"真的。"她说。心里却觉得一点味道也没有。女人要这么多美德来干什么，又没有分数可计。

过几日，锁锁同南孙说，经过这次，谢家终于正式把她当媳妇看待。从前，老用人只叫她"朱小姐"，现在改口称"四少奶奶"。

南孙甚觉不可思议，不以为然地把面孔上可以打褶的部分全部皱起来，表示不敢苟同。

把一切节蓄付之流水，换回一句称呼，神经病。

可是，或许锁锁认为值得，每个人的要求是不一样的。

南孙的面孔松弛下来，只要锁锁认为值得。

锁锁轻轻问："你认为我失去良多是不是？"

南孙自然点点头。

"其实没有。"

南孙耐心等候她的高论。

"你想，我从什么地方来，要是没有离开过区家，也还不就是一无所有，如今吃过穿过花过，还有什么遗憾。"

锁锁豁达地笑，喷出一口烟。

她同谢宏祖还是分了手。

锁锁做事件件出人意料，却又合情合理。

尽她一切所能帮了谢宏祖，此刻她可要自救。

小谢的女友早避开不见他，他终于明白谁是谢家的红颜知己。像做戏一样，他求锁锁留下来，可惜编写情节的不是他，而是朱锁锁，按着剧本的发展，她说她不求报酬，打回原形，锁锁反而不做那些汗流浃背的噩梦了。既然已经着实地摔了下来，也就不必害怕，事情坏到不能再坏的时候，就得转好。

南孙劝她出来找事做，制衣厂里有空缺。

锁锁摇头，那种事她不想做。看着南孙成日为出口限额伤脑筋，头发白了也活该，再高薪不过几万块，一样要兜生意赔笑脸，外国厂家来了，还不是由南孙去伴舞陪酒，完了第二天早上准九时还得扮得生观音似的端坐写字楼。

什么高贵的玩意儿，不过是当局者迷，锁锁听过南孙为着布料来源不平找上人家门去，那人穿着睡衣就出来见她，一边做健身操一边与她谈判，结果南孙胜利，但那种折辱岂是加薪升职可以抵偿。

聪明人才不耐烦巴巴跑去为老板赚钱卖命，要做，不如为自己做，做得倒下来也值得。

当下锁锁把头乱摇："我不行，南孙，你别抬举我。"

南孙说："你也有年老色衰的一日。"

"彼此彼此，"锁锁笑吟吟，"待阁下五十大寿，难道还能架着老花眼镜去抢生意不成，有几个女人敢说她没靠过色相行事，若然，也未免太过悲哀。"

南孙开头有点愠意，听到这里，头顶像是着了一盆冷水，闷声不响。

锁锁扯扯她的衣角："生气?"

南孙摇摇头。

"我的香水店下个月开幕，邀请剪彩，如何?"

南孙发觉锁锁比一些上市公司还要有办法，玩来玩去是公家的钱，又深谙取之于民，用之于民的道理，一个翻身，又集到资金从头来过，俨然不倒翁模样。

过几天，南孙与其他几个女同事一起做东，宴请一位蜜月返来的同行。

这位小姐嫁了美国小老头，护照在望，春风得意，气焰高涨，吃完饭，用餐巾擦擦嘴，补唇膏时，闲闲说："适才经过花园道，那领事馆门外的人龙，怕没有一英里长，啧啧啧，日晒雨淋，怪可怜的。"

一桌人顿时静下来。

南孙打量她，好好的一个女孩子，嫁了老外，相由心生，忽然就怪模样，额角开始油汪汪，皮肤晒得粗且黑，手腕上多了大串银手镯。

与其这样，不如学朱锁锁，人家才真正有资格骄之同侪，脖子上戴过数百克拉钻石，抬不起头也值得。

南孙终于笑了，笑何用这般慷慨激昂，一定是妒忌的缘故，她同自己说。

回到家，小爱玛琴马上抬起头叫妈妈，南孙把腰酸背痛全部忘怀，抱起孩子狠狠香一记面孔。

锁锁也在，她问："你是妈妈，我是谁呢？"

"她不认得你。"

谁知锁锁却认真起来，坐在窗畔，静默起来。

蒋老太说："南孙，你母亲找你。"

"有何大事？"

"大约想把你接过去。"语气有点担心。

"我已经过了二十一岁,太迟了。"

"她的意思是——"

"祖母,下月你七十四岁生日,打算怎么样庆祝,替你订自助餐在家举行家庭礼拜如何?"

"什么,我自己都忘了。"其实没有忘,只不过不好提起。

南孙说:"我写了十道菜,不要牛肉,祖母,你研究研究。"

南孙一眼瞥到锁锁在角落抽烟,黑眼圈,第一次被人看到憔悴的样子。她坐过去:"你怎么了?"

锁锁抬起头:"你看,我自幼寄人篱下,女儿又重蹈覆辙。"

南孙诧异:"就为这个多愁善感?"

"理由还不够充分是不是?"

"你要往好的方面想,爱玛琴有两个妈妈,很难得的。"

蒋老太在那边托着老花眼镜说:"这炸蚝恐怕不大好。"

南孙扬声："改炸鱼好了。"老太太满意了："有甜品无？"

"有栗子蛋糕及杏仁露。"

锁锁悄悄说："老太太幸亏有你。"

"不要紧，我俩七十岁时，爱玛琴也会替咱们做生日。"

"蒋南孙，有时真不知道我同你，谁更乐观一些。"

"你的香水店筹备得怎么样？"

锁锁不答。

"慢慢来。"

锁锁只是吸烟。

"一会儿王永正来接我，一起出去走走。"

锁锁摇摇头，满怀心事。

"当陪陪小朋友。"

锁锁笑。"你从来不屑看我的朋友。"南孙抱怨。

"王永正就很好。"

"你其实没做过年轻人。"

"好，同你出去喝一杯。"

"来，换衣服。"

王永正的游戏室已经有朋友在，锁锁一进去，男士们惯例睁大了眼睛，女士则装作不表示兴趣。南孙芳心大慰，这证明朱锁锁宝刀未老。

永正知锁锁是稀客，出力招呼，南孙叫他不必介绍，陪锁锁在一张棋盘旁坐下来。

永正递上酒。

音乐是六十年代旧歌，南孙与锁锁全部会哼哼，说到简单愉快的童年往事，两人笑起来。

锁锁喝一口酒。"来，"她说，"咱们跳舞。"

南孙也不顾忌，依着牛仔舞的拍子，与锁锁跳了起来，仿佛儿时在同学家参加舞会，家长虽然识相外出，也还怕惊动邻居，轻盈地跳，掩不住的欢喜。

永正带头依音乐拍子拍起掌来，南孙乐昏了头，她根本不记得上一次跳舞是几时，索性与锁锁在有限的空间里尽兴地转动。

永正与一个朋友忍不住，插进来也要跳，众人轰然下场，游戏室一下子成为舞池。永正边笑边问："这是怎么一回事？"

"锁锁有点不大开心。"

"她处理得很好，我看不出来。"

南孙把永正带到书架旁坐下，顺手拿起一只小丑型掌中木偶，玩了起来。

"锁锁一直在喝。"

"让她散散心。"

永正明白她的意思。见南孙玩得起劲，他问："喜欢小丑？"

"物伤其类。"

永正微笑："这算是牢骚？"

南孙看看四周围的朋友，闹哄哄给她一种安全感，忽然希望聚会不要散，永永远远玩下去。

她冲动地说："永正，让我们结婚吧。"

永正但笑不语。

一旦出了游戏室，她的想法便会完全改变，永正知道她。

南孙自嘲："饥不择食。"

"我弄给你吃。"

他早已体贴地摸熟她的脾气，一大杯热牛乳，一客鸡蛋三明治，两个人躲在厨房里谈天。

"食物医百病。"

"刚才有人说，难怪锁锁叫锁锁，一看见她，确有被她锁住的感觉。"

南孙笑："那位诗人是谁？"

"他是一位医生，我的一个表哥。"

"我只以为广东人多亲戚。"

"你又不是要进王家的门，担心什么。"

南孙诧异，没想到永正会说出这么花哨的话来，咬着面包，作声不得。永正也是个怪人，迟迟拖着不结婚，偌大房子，只与男仆同住，照说，这种光是外形已可打九十分的男人是很受欢迎的。

"瞪着我看，不认识我？"永正微笑。

南孙觉得今晚他侵略性甚强，一改常态。

"让我们出去看看派对进行如何。"

"如果你关心我，像关心朱锁锁就好了。"

南孙没有回答永正。

锁锁没有在游戏室。

南孙打一个突，满屋乱找："不该让她喝那么多，应该看住她……"

永正推开书房的门："在这里。"

南孙走进去，看到锁锁烂醉如泥，蜷缩在长沙发上睡熟，身上还盖着一件不知是谁的西装外套。

南孙嘘出一口气。

永正说："你真的爱她，是不是？"

今夜不知怎么，永正每句话都带挑衅，南孙有点招架不住。

换了别人，她的脸早就拉下来，但南孙总觉得欠下永正不知什么，逼得理亏地忍让。

书房里一只小小电视机还开着，在播放一套陈年言情片，女主角坐在轮椅上哭哭啼啼，南孙不耐烦，按熄了它，谁知书房里不止三个人，第四者的声音自安乐椅中传出来，他问："散席了吗？"

是他，他的外套，他一直在这儿陪着锁锁，那么，大约也是他扶她进来，结果他也盹着了。

南孙推一推锁锁，她动都没有动。

南孙同永正说："让她在这里过夜。"

永正笑问："你呢，我以为你想在这里过夜。"

南孙觉得永正不可理喻，越说越离谱，索性转头就走，佯作被得罪的样子。永正并没有追上来，南孙也不是真生气。

出自各式猥琐老中青年的疯言疯语她听得多了，单身女人出来做事，避也避不开这些，上至董事，下至后生，都企图与女同事调笑几句。

王永正终于沉不住气了。

与其在南孙面前做一个老好中性人，不如改变形象做登徒子。

一个令女人放心的男人，多大的侮辱！

这是南孙的假设。

第二天，她等永正打电话来道歉，但是没有消息。

锁锁却问她：“干吗撇下我？”

南孙答：“小姐，把你拖来拖去反而不好。”

“我还是吐得人家书房一塌糊涂。”

“你看你，面孔都肿了。”

“真是的，十多岁时是海棠春睡，现在似浮尸。”

南孙“哧”一声笑出来。

“永正是个君子，又懂生活情趣。”

“给你好了。”

“你别说，朴朴素素一夫一妻，安安乐乐过日子，是不错的。"锁锁有一丝倦意。

"怎么了？"

"记得我那间香水店？"

"几时开幕？"

"昨天。"

"什么？"

"店主不是我。投资人盗用我的全盘计划，一方面推搪我，一方面私自筹备，店开了幕我才大梦初醒，原来投资人把它当人家十九岁生日礼物送出去。"锁锁长长叹口气。

投资人当然是男性后台老板，开头打算在朱锁锁身上下注，后来不知怎的，注意力转移，结果胜利者是一个十九岁的少女。

南孙沉默。

锁锁当年从人家手中夺得李先生，又何尝不是用同一手法。

锁锁也明白，耸耸肩，摊摊手："这种滋味不好受。"

"大不了到我家来，我养活你。"

锁锁笑。过一会儿她说："如今赚钱真的不容易了。"

"赚倒还可以，剩钱才真的难。"

锁锁问："我们怎么会讨论起这种问题来了？"

南孙微笑："成熟的人都关心经济。"

锁锁又叹口气："你有什么打算？"

"我才华盖世，何用担心。"

锁锁吃不消，用力推她一下，南孙正得意地翘椅子，一不平衡，直摔下来，雪雪呼痛。

锁锁指着她笑弯腰。

南孙说："过几年再开这种玩笑，只怕跌断骨头要进医院去。"

老祖母与小爱玛齐齐闻声赶出来看热闹。南孙心想，永远这样过也不坏，她愿意辛劳地养家，使老小生活安康。

真奇怪，自幼被当一个女孩子来养，父母只想她早早嫁个乘龙快婿（骑龙而至，多么夸张），中学毕业速速择偶，到如今，社会风气转变，本来没有希望的赔钱货都独当一面起来，照样要负家庭责任。

小时候做女儿，成年后做儿子，可惜从没享受过男孩子的特权，南孙觉得她像阴阳人。

锁锁把她扶起来。

南孙一语双关："谁没有跌倒爬起过。"

朱锁锁微笑。

流金岁月

捌·

蒋老太笑：「女儿有什么不好，孙姐妹，我老老实实同你说，儿子女儿是一样的，只要孝顺你就行。」

南孙不知道她有什么计划。

她仍然开着名贵房车，在高级消费场所出入。

南孙知道锁锁需要那样的排场，小财不去，大财不来。

过一两天，南孙约王永正下班吃晚饭，她渴望见他。

永正语气一贯，但谈话内容有异，他推却她："今天已经有约，但如果你想喝一杯，我可以陪你到七点半为止。"

南孙看了看电话听筒，开什么玩笑，是不是线路有问题，传来这个怪讯息，王永正怎么会说出这种话来，竟拿她来填空当，塞缝子。

过半晌南孙才知道这是王永正还她颜色，如果她坚持要他出来，必须付出代价，假使客气地说改天，不知要改到几时。

怎么回答呢？永正在那边等她，一时间电话寂然无声。

怎么办，南孙喉咙干涸，认输吧，毕竟只有他知道奇勒坚是一只狗，而小爱玛不是她的孩子。

"永正，我们需要详谈。"

"不，律师与他的委托人需要详谈，我与你不需要。"

"你不明白。"

"我很明白。"

永正这次决定把一切通道封死。

"你知道我爱你——"

"这我知道，但是你完全没有先后轻重之分，这是不够的。"

"你要我今夜搬进来与你同居？"

"我不同居。"

"结婚？"

"可以考虑。"

太强人所难了。

"你怕什么？南孙，你到底怕什么？"

"见面我慢慢告诉你。"

"在电话里说。"

"我不懂得做主妇。"

"不懂，还是不肯？"

"你是否在约会别人？"

"别顾左右而言他。"

秘书进来，指着腕表，表示开会时间已到。

南孙说："我要去开会了，今夜如何？"

"我没有空，再者，我也不想喝酒了。"

女秘书仍然焦急地催，南孙把办公室门一脚踢上。

"王永正，你是个卑鄙的小人物。"

"我是，蒋南孙，我是。"

"永正，有许多技术上的细节有待解决——"

"都可以稍后商量。"

南孙觉得他也很紧张，成败在这一次谈话，南孙认为他昏了头，无理取闹，原本两人可以维持这种可贵的友谊到老死，如果他真的爱她，应该将就，但是该死之处就是他爱自己更多。

像王永正这样的男孩子，一放手就没有了，有许多事是不能回头的。

秘书大无畏地敲门进来："蒋小姐，老板等急了。"

南孙转身，用背脊对着秘书："好，永正，我们结婚吧。"

永正沉默良久良久，不知怎的，南孙不后悔，并且不可思议地听出静寂中有永正的满足和快乐。

永正终于说："六点钟我上来接你。"

他到底约了谁?

他说约了人，就是约了人，绝不会是假局。

永正"嗒"一声挂断电话，凭南孙的脾气，永不发问，这件事将成为她终身之秘。

走到会议室，大家都在等她一个人，老板诧异地问："是个要紧的电话吗?"

南孙见全部都是自己人，便说："呃，有人向我求婚。"

老板忍不住问："你答应了吗?"

"拒绝就不必花那么多时间了。"

老板一听，带头鼓起掌来，然后半真半假地说："本公司妇女婚假是三天半。"

这会一开开到六点半。

散会时秘书眉开眼笑地说："他在房间里等了好久。"

南孙推开办公室的门，看到永正。她顺手关上门，没什么表情。

永正轻轻咳嗽一声，开口："我小的时候，最爱留恋床笫。"

南孙抬起眼，他怎么在这种时候说起全不相干的事来，而且声音那么大大地温柔。

永正说下去："家母房中，有一张非常非常大的床，在幼儿眼中，简直大得无边无涯，像一只方舟，每逢假日早上，睁开眼第一件事，便是冲进妈妈房间，跳上床去，听音乐，打筋斗，吃饼干，看电视，妈妈拥抱着我，说许多许多笑话。"

南孙静静聆听。

"那是一张欢乐之床。然后，母亲罹病，没过多久，她去世，那张床自房中抬走，不知去向。"

南孙动容，心中恻然。

"当年我只得六岁，日夜啼哭，父亲来劝导我，他说：永正，你是一个大孩子了，不要再留恋过去那张大床，假使一定要，不如计划将来，设法买张新床。"

南孙已明白永正想说什么。

"愿意与否，我们都会长大，南孙，独独你特别恐惧成年人的新世界，为什么？"

南孙苦苦地笑，他太了解她，她不可能再拒绝他。

"让我们一起出去找张新的大床。"

南孙看他一眼："人们会以为我俩是色情狂。"

永正笑说："来。"

南孙与他紧紧相拥，她以手臂用尽力气来环箍着他，把脸埋在他胸前，很久很久。

筹备婚礼，其实同进行一项政治竞选运动一样吃力。

两个很有智慧的人，说说就大动肝火，不欢而散。南孙无意迁就对方压抑自己，试想想，贝多芬与小提琴家贝基达华之间都发生过争执，贝多芬！

南孙从来没认过自己是圣人，她甚至不自觉是个出色的人物。

他们在讨论的项目包括：（一）几时向亲友特别是祖母与锁锁透露该项消息。（二）婚礼采用何种仪式，在何地举行。（三）婚后大本营所在地。

南孙拼命主张在所有尘埃落定时才知会祖母，婚礼在外国举行，到街头拉个证人，签个字算数，同时，婚后实行与蒋老太太及小爱玛同住，她说她已习惯大家庭生活。

永正甚觉困惑，他认为至少应该有酒会庆祝一下，而且最好立刻着手去找大单位房子搬家，事不宜迟。

永正不反对同老太太一起，他知道南孙一直盼望祖母的爱，现在终于得到，她要好好享受，作为对童年的补偿，不让她与祖母住，她宁可不结婚。

这里面还夹着一个担足心事的人，是南孙的老板，他不住旁敲侧击：南孙你不会接二连三地生养吧，你未婚夫是否大男子主义，你会不会考虑退休？

南孙发觉她心理上有了变化，下了班不再呆坐写字间钻研财经版大事，她会到百货公司溜达，留意家具及日常用品。

她一直以为会嫁给章安仁，但到了廿七岁，南孙也开始明白，人们希冀的事，从来不会发生，命运往往另有安排。

售货员取出几种枕头套供她选择，南孙呆呆地却在想别的事。

她看看腕表，时间到了。

跑到锁锁家，女主人正与经纪谈卖房子。

锁锁有点气，用力深深吸烟，板着脸，精神差，化妆有点浮，不似以前，粉贴在脸上，油光水滑。

经纪是个后生小子，没有多大的诚意，但一双眼睛骨溜溜，有许多不应有的想头。

南孙觉得来得及时，她冷冷盯着经纪，使他不自在。这种小滑头当然知道什么样的女性可以调笑两句，什么样的不可以。

他看着南孙干笑数声，像是请示："这种时间卖房子，很难得到好价钱，都急着移民呢，越洋搬运公司从前一星期才做一单生意，现在一天做三单，忙得透不过气来。朱小姐，现有人要，早些低价脱手也好，一年上头利息不少。"

南孙觉得这番话也说得不错，于是问："尊意如何？"

锁锁苦笑："你没有看见刚才那些买主的嘴脸，狠狠地还价，声明家具电器装修全部包括在内，就差没命令我跟过去做丫鬟。"

那经纪忍不住笑。

南孙觉得他不配听朱锁锁讲笑话，因而冷冰冰地同他说："我们电话联络吧。"

他倒也乖巧，拎起公事包告辞。

南孙关上门，问锁锁："怎么委托他？"

　　锁锁按熄烟，大白天斟出酒来："这一类中型住宅难道还敢交给仲量行。"

　　"你别紧张。"

　　"越急越见鬼。"

　　"锁锁，老老实实告诉我，你近况如何。"

　　锁锁反而说："南孙，我昨天开了张支票。"

　　南孙即时问："多少？"

　　"三万块现金。"

　　南孙心一沉，这等于回答了她的问题。

　　"我们马上去银行走一趟。"

　　锁锁放下杯子取外套。

　　办完正经事，锁锁要与南孙分手："我约了朋友谈生意。"

　　南孙点点头。

　　"幸亏小爱玛有你。"

　　南孙伸手捏捏锁锁的臂膀，表示尽在不言中。

　　锁锁抢到计程车，跳上去，向南孙挥挥手。

　　南孙目送她。

　　那样的小数目都轧不出来，可见是十分拮据了。

　　好朋友有困难，她却与未婚夫风花雪月谈到什么地方度蜜月，南孙觉得自己不够意思。

南孙心血来潮，坐立不安，要早些回家。

进门小爱玛过来叫抱，南孙已练得力大无穷，一手就挽起孩子。

电话铃响，南孙有第六感，是它了，是这个讯息。

她抢过话筒。

"南孙，"那边是锁锁含糊不清的声音，"快过来……通知医生。"

南孙连忙说："我马上来。"

她拨电话到医生的住宅，叫他赶去。

锁锁还能挣扎前来开门。

据她自己的说法是喝了过多的酒，在浴室滑了一跤，下巴撞到浴缸边，顿时开花，流血不止。

南孙伸手去扶住她，双手簌簌地抖，只见锁锁一面孔鲜血，下颌有个洞，鲜红液体不住喷出。

医生后脚赶到，一看便说要缝针，立刻急找整形科大夫。

锁锁止了血，脸如死灰躺在沙发上。

南孙注意到她眼角下有淤青，怀疑不是摔跤这么简单，眼见锁锁落得如此潦倒，心中激动。

经过医治，锁锁留院观察。南孙没有走，坐在病榻旁陪伴。

夜深，她瞌睡，听见锁锁说梦话，南孙睁开眼睛来，听得锁锁说的是："面包，面包香……"

南孙站起来，走到窗前，看着鱼肚白的天空，简直不相信十多年已经悄悄溜走。

清早，永正听讯赶来，手中拿着花束糖果，锁锁睁开眼睛，朝他们微笑，下巴扎着绷带，不方便开口说话。

锁锁用手势示意叫他们去上班。

从前，一两晚不睡是琐事，今日，南孙说不出地疲倦，于是同锁锁说，下午睡醒再来看她。

永正开车送她回家，她和衣倒在床上，筋疲力尽入睡，梦中恍惚间回到少年时代，凭着一股真气，同各路人马周旋理论，斗不赢，一时情急，哭将起来，正在呜呜饮泣，只听得耳畔有人叫"南孙醒醒，南孙醒醒"，好辛苦挣扎着过来，发觉枕头一大片湿，面孔上泪痕斑斑，原来哭是真的。

祖母担足心事，焦虑地在床畔看她。

南孙心头一热，同老太太说："我同永正结婚，好不好？"

蒋老太太哎呀一声："感谢主。"可见是完全赞同。

下午南孙回公司兜个圈子，接着回医院，给锁锁带了好些小说过去。

像过去一样，南孙什么都没问。

三天后，锁锁拆掉绷带，看到下巴有个十字疤痕。南孙与她出院。

锁锁唤小爱玛，孩子侧着头，不肯过去。

爱玛琴已有廿个月大，会得用胖胖的手臂搭住蒋老太的肩膀，在老太太耳畔说许多悄悄话。

幼儿心目中但觉这个艳妆女郎忽现忽灭，是以不认为她地位有什么重要。

南孙解围："爱玛，来。"爱玛乐意地拥抱南孙。

锁锁苦笑："一分耕耘，一分收获。"

南孙也很满意："是的，我什么都有了。"

锁锁不出声，隔了很久很久，她说："你们快了吧？"

南孙有点不好意思："你怎么知道？"

"看得出来。"

"可能要待明年。"

锁锁说:"能够结婚也是好的,如今肯结婚的男人买少见少 [1]。"

被锁锁这么一说,她倒有点感激永正的诚意。

锁锁嘲弄地说:"看,你才开始,我已经完了。"

"完?"

南孙想都没想过这个字。

朱锁锁会这么快完?再隔十年都言之过早。

略受一点挫折而已,她需要的是三天充分的睡眠,一点点机缘巧合,马上东山再起。

南孙并不真正替她担心,但却趁机劝她:"烟酒不要过分。"

锁锁笑:"连你也来打击我。"

"那是摧残身体的东西。"

"口气有点像令堂。"

这话没说完多久,南孙的母亲陪丈夫来开一个学术会议,顺道探亲。

---

[1] 买少见少:广东话,意思是越来越少。

　　母女两人本来苦哈哈同一阵线应付老太太，很有点话可说，但是这一次南孙却没有机会与时间与母亲好好谈一谈。

　　南孙觉得母亲避她，表面上很亲热，但一切不欲多说，老式妇女沾了洋气，发觉有那么多好处，努力学习，说话常带着英文单词，表示投入。

　　太知道正在交运，太过珍惜新生活，十二分刻意经营，南孙觉得母亲好不辛苦。

　　化妆衣着姿势都改过了，有次南孙不着意说到搓麻将，她很不自在，努力使眼色，像是什么不可见人的事，生怕玷污了她那位教授。

　　南孙怅惘地觉得母亲太过乐在其中，略觉凄凉。

　　教授为人很老实，一生除了学术，不曾放眼看过世界，实验室是他第一号家，除此之外，对别的也没有兴趣，这样的人才，在外国小镇里，其实是很多的，年轻女孩不屑一顾，这一位蹉跎下来，择偶条件退了几步，反而获得幸福。

　　能够这样冷静地分析母亲及继父的关系，可见当他们是陌路人了。

老太太对于称呼以前的媳妇有点困难："她好吗？"

南孙答："她太好了。"

蒋老太纳罕地问："那男人对她不错？"像是不置信，不知那糊涂的男人贪图她什么。

南孙又觉得有义务帮母亲说话："作为一个伴侣，她尽心也尽责。"

祖母本来还要说些什么，南孙又道："他们很幸福很开心，我想他俩也不会常常回来。"

蒋老太便不再言语。

逛完浅水湾，在太白坊上吃过海鲜，赤柱买了衣物，他们也就走了。

永正问南孙："为什么不让我见她？"

南孙才凄然发觉自己的心态同母亲一样，怕，怕对方知道她不名誉的一面，所以谨慎地维护那一点点幸福，不敢把真面目露出来。

南孙自怜了一整夜。

幸亏第二天工作忙得要死，下班与同事去吃日本菜，南孙觉得已经饿够，发起神经来，狂吃一顿，庆幸穿着松身衣服，多多少都装得下。

饭后分手，站在街上，南孙对世界的观念完全改变，捧着丰足的胃，有什么不能商量，不能原谅的呢，难怪他们说，饥饿的人是愤怒的人。

回家扑倒在床上，就这样睡去。

像打仗一样，婚期逼近，一样一样做起来，渐渐成真。

先去看房子，永正建议牺牲交通时间，为老少二人着想，搬到郊外。

租下房子，永正先搬过去，南孙替他打点细节，地下室改为游戏间。爱玛第一次参观，高兴得不住跳跃。永正同南孙说："如此可爱的孩子，十个也不嫌多。"

向南的大房间给了老太太，冬日一室阳光，安乐椅上搭着锁锁以前买给她的古姿[1]羊毛大披肩。

南孙觉得生活总算待她不错，以后如何，以后再算。

锁锁到新居来陪她吃茶，南孙带着她到处逛。

锁锁笑道："我真佩服你们的涵养功夫，居然没有人问我爱玛几时走。"

南孙一怔。

---

[1] 古姿：Gucci，古驰。

"这是你们蒋家的传统，好客。"

南孙答："因为自客人那里，我们获益良多。"

"爱玛琴可否多留一阵子？"

"锁锁，你怎么说这种话了，我们从来没想过她要走，昨天我们才同她去报名读幼儿班。"

锁锁低着头。

"你何必气馁，可能是一帆风顺，已成习惯，现在就觉得闷。"

"南孙，我打算离开本市。"

南孙一愕："多久？"

"一两年才回来接爱玛。"

虽然一向不问问题，南孙也忍不住："哪里？"

"柏斯[1]。"

南孙大吃一惊："没听说过，在哪一洲？"

"澳洲[2]西岸的柏斯市。"

中学的地理课本终于派上用场，南孙喃喃说："呀，对，柏斯市。"

---

[1] 柏斯：珀斯（Perth），是澳大利亚西澳大利亚州的首府。

[2] 澳洲：澳大利亚。

"拿到居留权，我回来接爱玛。"

"你打算移民？"

"在本市已没有机会了。"

"你看你灰心到这种地步，背井离乡，什么都要落手落脚做，你真考虑周详了？"

锁锁指指头皮："已经想得头发都白。"

"要一两年？"

"或许更久。"

"生活方面，打点妥善？"

"照顾自己，我还懂得。"

"你真的觉得这里没有作为？"南孙如连珠炮般发问。

锁锁只是赔笑。

南孙埋怨："每次都是这样，都不与人商量，自己决定了才通知我们一声。"

锁锁连声抱歉。南孙心酸，一时没有言语。

锁锁坐在安乐椅上，面孔朝着阳光。自小到大，她始终不肯穿肉色丝袜，总要弄些花样出来，今天她穿双银灰色袜子，闪闪生光，像人鱼身上的鳞。

只听得她说："假如真的不适应，转头就回来，否则的话，拿张护照也是好的，旅游都方便点。"

南孙不出声，到永正的书房取过大英百科全书，翻到柏斯，研究半晌同锁锁说："平均一平方公里只有一个人，你确定你能安顿下来？"

"可以。"

"我们随时欢迎你回来。"

"你太小觑我了。"

"什么时候动身？"

"下个月。"

"这么快？"

"本来想观了礼才走，后来发觉你们根本不打算举行仪式，这样一来，时间方面无所谓。"

"房子呢？"

"终于卖掉了。"

南孙完全没有想过锁锁会移民，希望得知详情，可以安下心来。

她们俩一直谈到太阳落山，全是些无关紧要的事，因为大事全不由她们做主。

南孙说："莫爱玲离了婚，说起丈夫，咬牙切齿，他有女朋友，爱玲知道得很迟。"

锁锁说："永远不知更好，离婚不知多麻烦。"

"慧中又升了级，现在也真是名大官了。"

"在电视新闻上常见她出来讲话，朝气勃勃。"

"几个同学都混得不错。"

锁锁笑："我不在内，你不逊色。"

南孙不去睬她："一日到银行提款，出纳员忽然叫我，嘿，相认之下，又是老同学。"

"仍然做出纳？"

南孙瞪她一眼："有什么不好，量入为出，安定繁荣。"

锁锁点点头："果然不错，这是教训我来了。"

锁锁只是不想走，挖空心思把同学逐个点名来讲。

"林文进那小子呢？"

这还真是南孙的初恋情人。

在锁锁面前，南孙没有什么忌讳，感慨地说："娶了洋妞，落了籍，不知多快活。"

"谁告诉你的？"

"总有好事之徒，来不及让你知道详情，好看你脸上表情。"

锁锁不以为然："从来没有人告诉我表哥近况，到现在我还欠区家一笔钱。"

"我来告诉你。"

"如何？"

"无论你表哥爱谁，总比爱你幸福。"

锁锁咀嚼这句话，最终说："你总爱奚落我。"

谈笑这么久，都不能驱走落寞。

锁锁终于说："天下无不散的筵席，来，送我出去。"

南孙喃喃说："柏斯。"

到市区天其实已经完全黑透，但是霓虹灯宝光灿烂不肯罢休，照亮半边不夜天。

南孙示意锁锁看："你敢保证不想念我们。"

锁锁被她的婆妈激恼："我总不能留在此处腐烂，每个人情况不一样。"

南孙与她分手，回到家才知道永正等她良久，已经吃过饭，并且在沙发上盹着。

蒋老太对南孙说："永正真好。"

南孙点点头，他一点架子都没有，这是事实，但嘴巴不服输："我也绝不装腔作势。"想到一些人收入多一点，便嫌地下铁路车厢臭。

她到厨房煎了鸡蛋做三明治吃。

婚后就失去这种自由，南孙惆怅地想：在女用人告假的日子，少不了要洗手做羹汤，她连牛肉炒菜心都不会，只懂炒蛋焓蛋蒸蛋。

这样的黑幕，要待行过礼才给永正知道。

"南孙。"永正起来了，进厨房找她。

"麻烦给我做杯茶。"

然后两人齐齐说："我有话跟你说。"

南孙说："你先。"

"不，你先。"

这大概就是相敬如宾。

永正说："这件事有点复杂，还是你先讲。"

"我也不知如何开口，不如你先说。"

永正笑了，他踌躇半晌："这真要从头开始，南孙，你记不记得我有个做医生的表亲？"

南孙脑子一片空白，摇摇头。

永正轻轻说她："下了班，往往累得自己姓什么都忘记。"

南孙怪叫："你的亲戚奇多，生王熟李，一表三千里，谁记得。"

"那天你也这么说。"

这倒提醒南孙："啊，是，确有这么一个人，我记得他问你，锁锁是要锁住谁。"

永正说："对了，就是他。"

"哎？"

"朱锁锁，锁住了他，你知道吗？"

"什么？"

"这家伙，自澳洲来度假，一待四个月，竟不回去了，今早特地来找我，告诉我喜讯，原来就是那一夜，他认识了朱锁锁，现在要结婚了。"

南孙不待永正说完，已经把整件事融会贯通。

原来如此。

原来是为了这位小生。

"锁锁嫁给他？"

"她终于答应跟他到澳洲去结婚。"

"柏斯市，是不是？"

"正是，咦，你怎么知道？"

南孙点点头，心中疑点一扫而空，也着实地放下心头一块大石。

"我这位老表自幼移民，在彼邦修炼成才，人品不错。"

"一定。"

"对了，你要同我说什么？"

"我？啊，是同一件事，锁锁说她要移民。"

"真值得高兴。"可见永正也替锁锁担心。

南孙又帮着好友："像锁锁这样的人才，要远嫁到那种地方去打理一个家，机会怕还是有的。"

这话已经说得很婉转，南孙知道这不过是锁锁一个退路，并不是什么心愿，是以适才谈了整个下午，都没有提到那位仁兄尊姓大名。

永正当然不知道有这样的事，喜滋滋同南孙说："姻缘这件事，全凭概率，我根本不知那晚你会把锁锁带来，当然更不知道老表会爱上她，今天他来谢媒，我还莫名其妙。"

南孙点点头，早一年即使遇上了，也没有用，锁锁才不会看他。这位表哥来得恰是时候，碰巧一连串的事，令朱锁锁筋疲力尽，但求有个地方可以避一避风雨，管他是巢是穴。

就这样被他得了去。

永正说下去："譬如说我第一次遇见你，那一天，大丹狗突然烦躁不安，只有我一个人在公寓，只得拉了它出来，当时我考虑：到佩德斯还是亨汀顿呢，因为想买报纸，所以经过报摊，就在小径上与你相遇，机会有多少？一亿分之一，可能一兆，只要迟到三分钟，你可能已经走掉。"

南孙不语，过一会儿她问："难道不需要努力？"

永正笑："要，怎么不要，费尽九牛二虎之力，才取得你的电话。"

"这些年来，我一直相信人力胜天，做得贼死。"

"婚后要不要暂停？"

南孙警惕，来了。

总是这样的，他们都希望配偶留在家中提供酒店服务，假如女方一定要出去做事，累死是活该，没有人会感激，因全属自愿。

只听得永正又说："又是鸡蛋三明治，够不够营养，不是咸牛肉就是这个，你还会不会别的？"

南孙想：来了。

"我有种感觉你厨艺认真马虎，告诉我，你还会做什么？"

南孙答："吃喝嫖赌。"

锁锁只拿着一个小行李袋就上飞机。

南孙带着爱玛去送她，问："你的那一位呢？"锁锁答："他先过去部署。"

南孙点点头，同爱玛说："跟妈妈说再见。"

爱玛只是看着锁锁，不说话。母女出奇地相像，眉目如画。

南孙问："谢家从头到尾没有提到爱玛吗？"

锁锁摇头："谢家要多乱有多乱，老婆妾侍的孩子都赶在一间公寓里雇两个女佣带，像托儿所。"

南孙无言。

"快做新娘子了，振作一点。"

"你也是呀。"

"我？"锁锁笑。

南孙怕她又无故自嘲，故此没话找话说："结婚也不过是另外一种生活方式，千头万绪，可不简单，少女中了童话故事的毒，总以为结婚是一个结局，等发觉是另一个开始，难免叫苦连天。"

锁锁喝一口咖啡，苦笑："你看，好景不再，你我在咖啡室坐了超过三十分钟，都没有人上来搭讪。"

南孙笑。

就在这当儿，隔邻一位少妇忍不住把身子趋过来说："这小女孩太太太可爱了，有三岁没有？"

南孙回答："三岁两个月。"

"如果我有这样的女儿，短几年命又何妨。"

南孙看着爱玛："有时候也很顽皮的，是不是？"

"叫什么名字？"

南孙礼貌地敷衍少妇。

锁锁拿出香烟，点起来，是的，吸引注意的不再是她。

南孙看着表："时间到了。"

她目送锁锁进禁区。

锁锁不可救药地穿着高跟鞋，窄裙子，一枝花似的，此志不渝。

南孙仍然不替她担心，七四七飞机上几百个乘客，还怕没人搭讪，使朱锁锁精神得到安慰。

小爱玛在这个时候忽然问："她还会回来吗？"

南孙不知如何回答，恐怕连锁锁也不知就此打住，抑或假以时日，卷土重来。

锁锁连长途电话费都省下了，数日后寄来一张明信片，只有潦草的两个字：平安。

搬了新家之后一个月才举行婚礼，南孙自嘲人早已过户，不必轿子去抬。

祖母问准了南孙，周末在家举行祷告会。

南孙在公司一直忙到黄昏，还不忘买糕点回去，老太太喜欢栗子，爱玛喜欢巧克力，她自己吃咖喱角，永正专挑苹果卷。

驾驶着小小日本房车，路程足有四十分钟，到了家，永正的车还没回来，车房一边空着，南孙反而放心，她最怕他等她。

拎着盒子进屋，不见人影，南孙一路找上去，祖母房里有语声。

门虚掩着，祖母的教友正与她聊家务细事。

南孙听得那位太太抱怨："一年一个，全是女孩，连她们母亲，四个女人，叽叽喳喳，吵死人。"

蒋老太笑："女儿有什么不好，孙姐妹，我老老实实同你说，儿子女儿是一样的，只要孝顺你就行。"

南孙在门外打个突，简直不相信双耳。

她真真真真没有料到有生之年，还能自祖母口中听到这样的公道话，一时手脚不能动弹，僵在那里，鼻梁中央却一阵酸热。

过了像是起码一世纪，南孙大气都不敢透一口，悄悄偷回楼下，走到厨房，用纸巾擤擤鼻子，泡一杯茶，坐下来喝。

她看着女佣把糕点取出放玻璃盘子上，捧上楼去给老太太先选。

趁王永正还没有回来，蒋南孙痛痛快快哭起来。

图书在版编目（CIP）数据

流金岁月 /（加）亦舒著 . —长沙：湖南文艺出版社，2018.4
ISBN 978-7-5404-8544-3

Ⅰ . ①流…　Ⅱ . ①亦…　Ⅲ . ①长篇小说—加拿大—现代　Ⅳ . ① I711.45

中国版本图书馆 CIP 数据核字（2018）第 024347 号

上架建议：畅销·小说

LIUJIN SUIYUE
流金岁月

作　　者：[加]亦舒
出 版 人：曾赛丰
责任编辑：薛　健　刘诗哲
监　　制：毛闽峰　赵　萌　李　娜　刘　霁
策划编辑：李　颖　张丛丛　杨　祎　雷清清
文案编辑：王苏苏
营销编辑：杨　帆　周怡文　刘　珣
封面设计：张丽娜
版式设计：李　洁
出版发行：湖南文艺出版社
　　　　　（长沙市雨花区东二环一段 508 号　邮编：410014）
网　　址：www.hnwy.net
印　　刷：北京旭丰源印刷技术有限公司
经　　销：新华书店
开　　本：775mm × 1120mm　1/32
字　　数：150 千字
印　　张：8.5
版　　次：2018 年 4 月第 1 版
印　　次：2018 年 4 月第 1 次印刷
书　　号：ISBN 978-7-5404-8544-3
定　　价：43.80 元

若有质量问题，请致电质量监督电话：010-59096394
团购电话：010-59320018